なんで
中学生のときに
ちゃんと
学ばなかったん
だろう…

現代用語の基礎知識・編

おとなの楽習

10

文学史のおさらい

自由国民社

装画・ささめやゆき
挿画・信濃八太郎

まえがき

「文学史のおさらい」といっても、かた苦しい本ではありません。どこからでも、気の向いた項目からどうぞ。そして、何か心に感じていただければいいなと思っています。

どの時代の、どの作品、作家にも、これぞ日本文学といえる特徴があります。文学の「歴史」として、一筋の流れを追うのは後回しでもいいでしょう。まず、一つの作品、一人の作家の中身に興味を感じられるといいですね。

例えば、『万葉集』です。最古の歌は、仁徳《にんとく》天皇の皇后磐姫《いわのひめ》のものといわれています。仁徳天皇が何をされた人か知らなくても、仁徳陵は日本最大の古墳だという事を思い出す人も多いでしょう。古墳時代なんて遠い遠い昔のようですが、私達のご先祖があんな大きな物を造り、歌も詠んでいたとは。

山を見、鳥の声を聞き、人を愛し、人を失い、時々の感情のわき起こるままに、五・七・五・七……のリズムに乗せて呼びかけた心は、今の私達と少しも変わりません。そう考えると仁徳天皇と磐姫の恋も、ぐっと現実味を帯びて感じられるのでは？

近松門左衛門《ちかまつもんざえもん》は、江戸時代の脚本家ですが、歌舞伎の演目として『曽根崎心中《そねざきしんじゅう》』『女殺油地獄《おんなごろしあぶらのじごく》』などを鑑賞する機会もあるでしょう。決して、近寄り難い古典作品ではなく、どこにでもありそうな、しかし、今よりは社会のルールが人の心を縛りつけていた時代の、どこかしら共感できるお話です。

そして、近現代作家達は、ほとんどの人がこれらの古典を読み、少なからず影響を受けて自分のスタイルを作り、優れた作品を発表してきたのです。直接、間接的に、昔の日本人の考え方、感じ方を背負いつつ、ある人はそれに反発し、ある人はさらに深く掘り下げ、またある人はひとひねりもふたひねりもして別の顔をみせようとしました。そのいずれもが、新たな時代にむけて日本人の古典となっていきます。

情報化された現代は、「ケータイ小説」という、新しい形態も生まれ、だれもが「書き手」の側《がわ》に立てるようです。多くの人々に向けて発信したいという、本能的な行動が、電子機器を通して可能となりました。とてもいいことですね。ただ、その中のいくつの小説が、古典として残っていくのかはわかりません。一度きりで消えるものもあれば、生き残り、多くの人の心を揺さぶるものもあるでしょう。ただ、言えることは、書き手が薄っぺらであれば、作品もそれなりのものになるということ。

ある意味で、自分が試される時代の怖さがありますね。

この本では、できる限り、作家達のバックボーンを詳しく紹介するように考えました。作品が誕生した必然性ということを伝えたく、時代や生育環境や人間関係をまとめたつもりです。そして、どの人も、自分の与えられた境遇の中で、最大限にそれを生かし、もがき苦しみながら作品を生み、世に問いかけました。

今度は、読み手である私達が、その問いにどう答えるかです。投げられたボールをしっかり受け止め、また正しく投げ返せるのでしょうか。ブームに乗っかるのではなく、自分なりに作家・作品と向き合い、対話してみてください。この本が微力ながらそのキャッチボールのきっかけになればと願っています。

『文学史のおさらい』もくじ

第１章　大和時代の文学

第２章　平安時代の文学

第3章　中世の文学

第4章　近世の文学

第５章　近代の文学

大和時代《やまとじだい》の文学《ぶんがく》

Yamato period（～794）

平安遷都《せんと》（794年）以前の文学を上代文学《じょうだい》とします。大和朝廷の統一から、白鳳《はくほう》、天平時代を経て、藤原京、平城《へいじょう》京など、ほとんど大和《やまと》（奈良）地方に都があったため、大和時代の文学ともいいます。

この時代に編《あ》まれ現存している書物は多くはありませんが、最古の歴史書である『古事記』、最初の正史である『日本書紀』、最古で最大の歌集の『万葉集』、各地の産物や起源を記した『風土記《ふどき》』などがあります。

これらは文字のない長い時代を経て、口から口へと語り継がれてきたものが、漢字の伝来とともに日本語の文字化という困難な作業の末、記載《きさい》文学として今に残ることとなった、まさに奇跡の賜物《たまもの》といえるでしょう。

漢字は、大陸から王仁《わに》が『論語《ろんご》』『千字文《せんじもん》』を伝えたと記紀《きき》（『古事記』『日本書紀』をあわせてこう呼ぶ）にあります。推《すい》古《こ》女帝の摂政《せっしょう》となった聖徳太子は、漢字の用字法を進め、文学の記述化と共に、遣隋使、遣唐使の持ち帰った文物、制度、技術による国家体制の確立に力を注ぎました。

「仏教伝来、ご参拝《ゴサンパイ》」538年

「太子摂政、ご苦労さん《ゴクロウサン》」593年（七五調で暗記）

という次第で、大和政権は大陸の影響を受けて、律令国家へと着実に歩み始め、その威信を内外に知らしむべく、神話、伝説、記録などの統一という必要に迫られます。そこで着手されたのが歴史書や地誌の編纂《へんさん》であり、記紀や『風土記』などの記載文学の時代の幕開けとなるのです。

では、文字のなかった時代はどうだったのでしょうか。“踊る、歌う、叫ぶ、語る”などが渾然《こんぜん》一体となって、大きなエネルギーを孕《はら》んでいたに違いありません。この自然発生的な感情の表出は、稲作による地域ごとの定住化において、集団生活と深く関わっていました。日々の労働の中で、また収穫への祈りや感謝という祭りの中で、あるいは他の部族との戦いや婚礼、葬礼の場面で、人々の感情の発露は意味のあるものでした。

中でも、王権の起源や部族の英雄の活躍は「神話・伝説」という叙事詩《じょじし》となり、各部族の専門的な語部《かたりべ》などにより語り継がれました。

農耕儀礼や祭りにおいては、集団的抒情詩《じょじょうし》ともいえる歌謡が歌い継がれ、恋、嫉妬《しっと》、哀傷《あいしょう》、祝福、苦役《くえき》、貧しさなど、古代人の生活の全てに関連して、素朴でありながら、激しくも気高い感情を湛《たた》えています。

記紀の中の英雄伝説に添えられた歌謡は、その英雄の作とは限りませんし、伝説自体も原形の修正を重ねつつ、部族の誇りを損なうことなく流布《るふ》されたとみるべきでしょう。

このように、上代の文学は、口承《こうしょう》文学の時代から、記載文学の時代へと、とてつもなく長い時の流れと、祖先の熱い魂《たましい》から魂への伝言という力を宿して、今もわたし達に語りかけてきます。

『古事記《こじき》』

Kojiki（712年成立）

奈良時代の始めに成立した歴史書で、稗田阿礼《ひえだのあれ》という舎人《とねり》が暗誦《あんしょう》していたものを太安万侶《おおのやすまろ》が筆録してできたと「序《じょ》」にあります。

単なる口述筆記と違って、漢字だけで日本語を表記する苦労は測り知れません。それに膨大な数の神話や皇室の系譜《けいふ》を記憶していたという阿礼の超能力も謎めいていますね。

三巻からなる本文には、八百万《やおよろず》の神、天皇《すめらみこと》、反逆者など数百人が登場し、名前も長くてややこしいのですが、歴史的事実として残そうという情熱が伝わる、愛すべき書物です。

上巻は“神の物語”で、天地創造から神倭伊波礼毘古命《かむやまといわれびこのみこと》（神《じん》武《む》天皇）の誕生までの記述。

イザナギ、イザナミの二柱《ふたはしら》の神様は、天から海水をかき回し、滴《したた》った雫《しずく》が潮を盛り上げ、オノゴロ島となった、そこに降り立ちます。“吾《あ》が身のなり余れる処《ところ》を以って、汝《なんじ》が身のなり合はぬ処を刺《さ》し塞《ふさ》ぎて、国土《くに》を生みなさむ”

これは男神《イザナギ》の家族計画提案で、「然《しか》、善《よ》し」と快諾《かいだく》した女神《イザナミ》は無計画な計画に試行錯誤しつつ協力、多くの神や島を生みます。が、火の神の出産時に火傷《やけど》した女神《イザナミ》は死の国へ。妻恋しさに男神《イザナギ》は黄泉国《よみのくに》まで迎えに行きますが神と交渉する間、覗《のぞ》くなと言われ、敢《あえ》て見たのは妻《イザナミ》の惨《むご》い姿。よくも見たなと凄《すご》い形相《ぎょうそう》で追いかける妻と慌《あわ》てて逃げる夫。人間界にもあるような。

中巻は、神的な人間と人間的な神が登場し、その代表は倭建命《やまとたけるのみこと》でしょう。神々《こうごう》しさと人間的な弱点を併せ持つ、古代の英雄です。

景行《けいこう》天皇は80人の子だくさん。中でもオホウスとヲウスは同母兄弟で、一説には双子と。天皇は大柄《おおがら》な割には気が小さく、自分のために呼び寄せた美女をオホウスに先取りされても叱れないのです。朝夕の食卓に何日も姿を見せないオホウスを不審に思った父がヲウスに尋ねてもわかりません。5日目の朝にヲウスが答えました。「兄さんが厠《かわや》から出てきたのを捕えて、手足をもぎ取り、菰《こも》に包んで捨てた」と。恐怖で引《ひ》きつる父。ヲウスは後の倭建命です。

厠はこの世とあの世の霊魂の出入り口、不浄な物を流す半ば神聖な場所。そこでの兄殺しは、父の恨みを晴《は》らすにしても不吉極まりなく、逆に父はヲウスを疎《うと》み、旅に出すのです。

それからまだ少年である建《タケル》の長く苦しく哀《かな》しい遠征が続きます。九州の熊襲《くまそ》は、女装した建の妖《あや》しい色香《いろか》に迷いあっけなく成敗されます。后《きさき》の弟橘比売《おとたちばなひめ》は、海神の怒りを鎮《しず》めるため、身替りに入水《じゅすい》して建の前進を助けます。

しかし、天皇は次々と征伐を命じ、長い放浪に精根《せいこん》尽《つ》きた建は、故郷を目前に倒れ、白鳥に姿を変えて天翔《あまかけ》りました。

“倭《やまと》は国のまほろば　たたなづく青垣《あおかき》
　山隠《やまご》もれる　倭しうるはし”　（倭建命）

故郷の大和の美しさを偲《しの》ぶ絶唱。五七調の定着以前のたどたどしさに建の痛ましさが。

『万葉集《まんようしゅう》』

Man'yōshū（7～8世紀頃）

わが国最古の歌集で、奈良時代に大伴家持《おおとものやかもち》らが編集したといわれています。

「万葉」とは、「万《よろず》の世（葉）」つまり、長く後世に歌い継がれるようにとの願いがこめられた名前で、天皇、貴族を始め、兵士、農民に至るまでの広い層の和歌、4500首余りが、20巻の中に、450年の時を刻んでいます。

漢字の音や訓で和歌を記す「万葉仮名《まんようがな》」が使われ、例えば「阿米都智《あめつち》（天地）」「麻佐礼留多可良《まされるたから》（勝れる宝）」「夏樫《なつかし》（懐し）」など、まるで現代人の当字《あてじ》遊びのようですが、日本語を外国の文字で表現するのですから大変な苦心です。

内容は次の三つの部立《ぶだて》（構成）で分けられます。

①相聞歌《そうもんか》・・・問い交すことから恋人、親子、兄弟などで唱和された歌。恋歌が主。
②挽歌《ばんか》　・・・柩《ひつぎ》を挽《ひ》くことから、葬礼や辞世歌。
③雑歌《ぞうか》　・・・相聞歌・挽歌以外の種々の歌。

形式は、短歌（五七五七七）が主ですが、長歌《ちょうか》といわれるものも多く、柿本人麻呂《かきのもとのひとまろ》が完成させ、山部赤人《やまべのあかひと》や山上憶良《やまのうえのおくら》、高橋虫麻呂《むしまろ》らが引き継ぎ発展させたといわれています。

相聞歌では次の贈答歌が有名ですね。

“あかねさす　紫野《むらさきの》行き　標野《しめの》行き
　野守《のもり》は見ずや　君が袖振る”　（額田王《ぬかたのおおきみ》）

額田王は、大海人皇子《おおあまのおうじ》（後の天武《てんむ》天皇）に愛されて十市皇女《とおちのひめみこ》を生みますが、その後、皇子の兄、天智《てんじ》天皇の后となった人です。天皇の狩場に同行した時、元カレの皇子が袖を振って合図したため、人目があるのにダメヨとやんわり変化球。

“紫《むらさき》草の　にほへる妹《いも》を　憎《にく》くあらば
　人妻ゆゑに　われ恋ひめやも”　（大海人皇子）

匂うばかり美しい貴女が憎いなら、人妻だもの、これ程恋焦《こいこが》れはしない、愛してますと直球《ストレート》で返歌。さすが男っぽい！

人妻？恋？三角関係の危険な香り？ただし、額田王は40才近く、昔の恋の再燃はあり得ず、宴会の戯《たわむ》れの贈答歌だとする学説も。アラ40《フォー》を理由に恋心まで否定するのは野暮《やぼ》かも。

挽歌としては、謀反《むほん》の疑いで24才で刑死した大津皇子《おおつのみこ》（天武天皇皇子）の辞世の歌が有名です。

“ももづたふ　磐余《いわれ》の池に　鳴く鴨《かも》を
　今日のみ見てや　雲隠《くもがく》りなむ”　（大津皇子）

漢詩の才能も人望もある皇子が、天武天皇の死から20日余で捕えられ、「今日のみ」と鴨に命を託された心境は、痛ましい限りです。その弟を葛城《かつらぎ》の二上山《ふたかみやま》に埋葬した大伯皇女《おおくのひめみこ》の挽歌には、生と死と愛が凝縮されています。

“現身《うつそみ》の　人なる吾《われ》や　明日《あす》よりは
　二上山を　弟背《いろせ》とわが見む”　（大伯皇女）

現世の人である自分にできることは、二上山を弟とみて生きていくことだ。姉は愛する弟の若すぎる死を静かに受け止めます。

大らかな万葉調と言われますが、権力争い、陰謀、肉親との別れなど、逃れられない宿命が奥深さを覗《のぞ》かせます。東歌《あずまうた》や防人歌《さきもりのうた》は方言を交えて庶民の率直な思いを伝え、千年以上の時の流れは、一瞬で飛び越せるようです。

“信濃路《しなのじ》は　今の墾道《はりみち》　刈株《かりばね》に
　足踏ましなむ　履《くつ》着《は》けわが夫《せ》”　（東歌）

苦役に出る夫が、切株でけがをしないかと案じる妻の心。

“韓衣《からごろも》　裾《すそ》に取りつき　泣く子らを
　置きてそ　来《き》ぬや　母《おも》なしにして”　（防人歌）

「お父さん、行かないで」と衣の裾に取りすがる子らを残して防人に行く父。母もいない子らに胸を引き裂かれる思い。防人とは、東国から九州に派遣された兵士で、任期は三年。

柿本人麻呂《かきのもとのひとまろ》

Kakinomoto no Hitomaro（660年頃〜720年頃）

柿本人麻呂は『万葉集』の中に多くの短歌や長歌を残していますが、詳しいことはわからない人です。位が高かったのか低かったのかも不明で、いつどこで生まれ、いつ、なぜ亡くなったのかもわかりません。ただ、残されたどの歌も、大らかで万葉人《まんようびと》の素直な飾らない心を伝えてくれます。

次の歌を、声に出してよんでみましょう。

①“鴨山《かもやま》の　岩根《いわね》し枕《ま》ける　われをかも
　　知らにと妹《いも》が　待ちつつあらむ”

「岩根し枕ける」は岩を枕《まくら》にして寝ているという意味です。「妹《いも》」は男性からみて親しい女性で、この場合は妻です。「いつもは妻を抱いて寝ているはずなのに、鴨山で岩を抱いて独《ひと》り寝しているなんて、知らずに妻は私を待っているだろう」というのが全体の意味です。

さて、『万葉集』には三つの部立《ぶだ》てがあると前項で書きました。「相聞歌《そうもんか》（恋愛や唱和）」「挽歌《ばんか》（葬礼や辞世歌）」「雑歌《ぞうか》（その他）」ですが、①の歌はどれに分類されると思われますか。

かなり艶《つや》っぽい内容ですが「挽歌」です。しかも自身の臨終の歌。最期の時に、残される妻の気持ちを思って歌にできる人、それが人麻呂なのですね。この歌により、石見《いわみ》（島根県）

の鴨山近くで亡くなったとされています。石見に流され刑死したのだという説もあるのですが、真実は藪《やぶ》の中、ただ、「相聞＝愛」と「挽歌＝死」が紙一重という近さです。

次の歌はどうでしょうか。

②“敷妙《しきたえ》の　袖交《そでか》へし君《きみ》　玉垂《たまだ》れの

をち野に過ぎぬ　亦《また》も逢《あ》はめやも”

「敷妙の」は「袖」、「玉垂れの」は「を（緒）」にかかる枕詞《まくらことば》で、特に訳さなくていいのです。「袖交へし」は男女が互いの袖を交わして寝たということ。「亦も逢はめやも」は、再び会えますか、いや会えないでしょうという意味で「や」が反語の働きをしています。では、「相聞歌」でしょうか。これも「挽歌」です。

皇族の死に際し、死者の后《きさき》であった皇女《ひめみこ》に奉《たてまつ》った歌とあります。皇女の気持ちを代弁したのは、人麻呂が宮廷でそういう役目の人であったことを想像させます。

②の歌の意味は、「衣の袖を交わし合って契《ちぎ》った御方《おんかた》は、越《お》智野《ちの》（奈良県）に葬られ、もう二度とお会いすることはかなわない。」

①と②に共通する生めかしさに、愛と死の近さを感じたのですが、人と自然の調和という点でも、人麻呂らしさはあふれています。

③“東《ひむがし》の　野にかぎろひの　立つ見えて
かへり見すれば　月かたぶきぬ”

東の方の野には暁《あかつき》の光がさし始め、振り返って西の空を見ると、月が落ちかかっている、という歌です。皇族のお供をして野営をした朝のすがすがしさと、太陽と月への厳《おごそ》かな気分が広大な空間にみなぎっています。写生歌という点でも手本になる素直で雄大な歌です。

平安時代《へいあんじだい》の文学《ぶんがく》

Heian period (794～1192)

山紫水明の地、京都に都が移った年は、「鳴《ナ》く《ク》よ《ヨ》ウグイス平安京（794年）」と覚えましたね。以来約四百年の平安時代の文学を辿《たど》ります。

山が紫色というのはどういう時でしょうか。

「春はあけぼの。」で始まる『枕草子《まくらのそうし》』は、続けて「やうやう白くなりゆく山際《やまぎわ》、少しあかりて、紫だちたる雲」と夜明けの山と空の美しさを称讃しています。一瞬の光と色を切り取った感性と表現の確かさに驚かされますが、この事は仮名《かな》の発明と大いに関係があります。

平安時代初めに、漢字の一部を利用した「片仮名《かたかな》」と、万《まん》葉仮名《ようがな》の草体《そうたい》を極端に簡略にした「平仮名《ひらがな》」が発明されると、創作意欲が高まり、宮廷を中心に仮名文学が普及します。

仮名は女手《おんなで》とも呼ばれ、細《こま》やかな感情や風景を表すのに適していたのです。一方、漢字は男手《おとこで》と呼ばれ、公的文書《もんじょ》などにはむいていたものの、一般的には難しいものでした。

まず、仮名を自由に用いて王朝文学への扉《とびら》を開《あ》けたのは紀貫《きのつら》之《ゆき》でした。『古今《こきん》和歌集』を編集し、その「序《じょ》」は、『古今集仮《か》名序《なじょ》』として、最古の本格的な文学論といわれています。

この頃は、菅原道真《すがわらのみちざね》の提案で遣唐使《けんとうし》が廃止され（「白紙《ハクシ》に戻そう、遣唐使（894年）」）国風文化への回帰が期待された時代です。そして『伊勢《いせ》物語』や『竹取《たけとり》物語』などの原形ができていたようです。

935年には、最初の仮名日記である『土佐《とさ》日記』が貫之によって書かれました。なぜか女性が書いたという体裁《ていさい》をとり、繊細な心象風景、和歌などが盛りこまれています。また、女性の書いた日記の先駆《さきが》けは『蜻蛉《かげろう》日記』で、内面を深くみつめ、この時代に生きる女性の苦悩を21年間にわたりつづりました。

しかし、何といっても、平安王朝文学の大輪の花は二つ同時に開いた『源氏物語』と『枕草子』でしょう。摂関《せっかん》政治の中心にあった藤原氏は、荘園経済の強い基盤もあり、専制的な力を極め、宮廷サロンには、藤原氏の子女に后教育をする才女が集められました。

紫式部《むらさきしきぶ》、清少納言《せいしょうなごん》、和泉式部《いずみしきぶ》、赤染衛門《あかぞめえもん》などが、一条《いちじょう》天皇の御世《みよ》（995〜1012年）に競うように咲き誇ったのです。

また、この時代は、「歴史物語」という新しいジャンルの作品が誕生しました。『栄花《えいが》物語』は、仮名文字で書かれた最初の歴史物語ですが、藤原道長《みちなが》をほめ称《たた》えており、道長側の女性、例えば赤染衛門あたりが書いたのだろうと推測されています。

そして、平安時代の末期に成立した『今昔《こんじゃく》物語』も忘れてはならないでしょう。これは、インド、中国、日本の千編余の説話を集めた日本最古、最大の仮名交りの説話集です。わかり易さと、多彩な人物や妖怪変化《ようかいへんげ》の活躍もあって、楽しく読めるものです。ありのままの人間の姿、心理描写は芥川龍之介《あくたがわりゅうのすけ》や谷崎潤一郎ら近代作家に多くのヒントを与えました。

小野小町《おののこまち》

Ono no Komachi（生没年未詳）

「小町」は美人の代名詞にもなっていますが、謎の多い人で、宮廷に仕えたのか、結婚していたのかなど、ほとんどわかりません。

『古今和歌集』とその『仮名序』の中に名前があり、特に六《ろっ》歌仙《かせん》の一人に選ばれ、当時の超エリート紀貫之《きのつらゆき》も認めた和歌の名手です。「いにしへの衣通姫《そとおりひめ》の流《りゅう》なり。あはれなるやうにて強からず。いはば、よきをうなの悩めるところあるに似たり。」と書かれています。

歌の批評ですが、健康美ではなく虚弱体質的な、今にも消え入りそうな風情《ふぜい》は弱点でしょうか。

小町の「はかなくあはれ」な印象は、残された歌そのままに、夢か現《うつつ》かの世界をさまよう女人として定着したようです。ただ、実際はどうだったのでしょうか。

いくら美人と騒がれても、それを武器にする程の逞《たくま》しさは持たず、それでも何か強い信念のように、群がり言い寄る男性をことごとくはねつけたのは、女の意地？プライド？

ともあれ、夢をテーマとした歌をみてみましょう。ただ一人の人を夢みて。

①“思ひつつ　寝《ぬ》ればや人の　見えつらむ
　　　夢と知りせば　さめざらましを”

「人」とは恋しい人のことです。その人を思って寝たからか、夢で会えた。夢とわかっていればさめなかったのに、と残念がる気持ち。これをその人に語ったところ「あはれ」と言われたのでまた詠みました。

②“うたたねに　恋しき人を　見てしより
　　夢てふものは　頼み初《そ》めてき”

仮寝《かりね》の夢にその人を見て以来、夢でまた会えるかと期待するようになった、という心。現実には会い難い人のようです。つづけて。

③“頼まじと　思はむとても　いかがせむ
　　夢よりほかに　逢《あ》ふ夜《よ》なければ”

夢なんかに頼りたくありません。けど、他に会える夜がないので仕方ないのです。「いかがせむ」とは少し強い響きですが、あきらめが言わせた、儚《はかな》い抵抗のような。

④“いとせめて　恋しき時は　うば玉の
　夜《よる》の衣《ころも》を　返してぞ着る”

「うば玉の」は黒い玉なので「夜・闇《やみ》・黒」にかかる枕詞です。衣を裏返して着て眠ると恋しい人に会えるという俗説まで信じたい。

詞書《ことばがき》に「やむごとなき人の忍び給ふに」とある歌。「やむごとなし」は高貴で特別なこと。

⑤“現《うつつ》には　さもこそあらめ　夢にさへ
　人目つつむと　見るが侘《わび》しき”

現実はもとより、夢の中でまで人目を忍ぶなんて、自分の心根が侘《わび》しく辛《つら》いことです。

⑥“夢路には　足も休めず　通へども
　現《うつつ》にひと目　見しことはあらず”

やむごとなく、恋しい人は仁明《にんみょう》天皇との伝承も。人は夢の中で生き、死に、望みをかなえます。夢は現実を忘れさせる死体験のよう。相手に夢の逐一《ちくいち》を報告しているような小町の歌に、いじらしさと、現実への深い絶望があります。

それにしても、小町の晩年は落ちぶれて、誰にも相手にされず、道でのたれ死にをしたという伝説が流布し過ぎていて、こうした悪意はどこから来るのでしょうか。美は罪とでも？

在原業平《ありわらのなりひら》

Ariwara no Narihira (825〜880)

「色男《いろおとこ》、金と力はなかりけり」

「天、二物《にぶつ》を与えず」

人はこうした言葉で自らを慰めますが、現実には、まれにこの言葉を裏切るような、「美貌《びぼう》・才能・血筋《ちすじ》」の三点セットを生まれ持つ人もいるようです。その一人が業平でしょう。

父は平城《へいぜい》天皇（51代）の皇子の阿保《あぼ》親王。母は桓武《かんむ》天皇（50代）の皇女・伊登《いと》内親王という血筋。ただ、「薬子《くすこ》の変《へん》」によって一門失脚となり、業平らはやむなく臣籍《しんせき》降下、在原姓を名乗りました。

政治的無力感と屈折した好色心《すきごころ》の結びついた美貌の貴公子は気楽な第五皇子。「在五《ざいご》中将」と呼ばれるのは在原家五男坊の中将ということです。窮屈な皇族と違い、自由であり、かつ皇族とは親戚という微妙な位置にあった業平は、臣民としては手の届き難い女性との恋に命をかけるような人でした。手からすべり落ちた天皇の地位を、禁じられた天皇后妃《こうひ》とのスリリングな恋の冒険の中で楽しみ、和歌の才能もそれを後押《あとお》ししたようです。

この業平の一代記だとされるのが『伊勢《いせ》物語』です。恐らく和歌の詞書《ことばがき》が発展して、「歌物語」というジャンルが生まれたと思われますが、全125段の中に209首の和歌をのせ、その歌がどういう状況で詠まれたかを物語風にしています。ほとんどが業平作の歌ですが、物語はフィクションで、主人公の男の描き方に違和感というか、統一感のなさがあります。

しかし、それを承知で一つ一つの恋物語を読むと、いつも真剣で情熱的な主人公が、次第に一人の可愛気のある男性となり、「よくやるねえ」から「いいところあるなぁ」と、応援したくなるから不思議です。

清和《せいわ》天皇妃となる予定の藤原高子《たかいこ》（二条后）を盗み出して逃げたものの、すぐ取り返されたり（6段）、伊勢の斎宮《いつきのみや》と「夢かうつつか寝てかさめてか」の禁忌《タブー》の夜を過ごしたり（69段）、「わがかかる心、止め給へ」と神仏に、好色《すき》心の暴走を止めてもらおうとしたり（65段）、当人が真面目なだけに、読者はいたく心を動かされます。

「けぢめ見せぬ心」（63段）といったら気の毒でしょうか。いかに多くの女性に愛を囁《ささや》き、幸せにしてあげられるかが、この時代の理想の男性像でした。「得《え》たるところの女3733人…」ともいわれていますが、相手への思いやりある純な恋の実践が「もののあはれ」を知る事であり、洗練された貴族の証《あかし》であり、色好《いろごの》みでした。

ある娘は、男のことが好きなのに打ち明けられず、恋の病で死にかけます。真相を知った親が男を迎えにいき、男が駆けつけると甲斐なく娘は亡くなりました。娘の家で喪《も》に服し夜の庭をボーと見ている男の前で、蛍が飛び上がります（45段）。

“行く蛍　雲の上まで　往《い》ぬべくは
　秋風吹くと　雁《かり》に告げこせ”

「地上では涼しい秋になったから帰っておいで」と雁になぞらえた娘の魂への伝言を蛍に託します。自分への恋心のため死んだ人への鎮魂《ちんこん》は、業平の好色《すき》の極致《きょくち》ではなかったかと。

彼の好色は、『源氏物語』の主人公光源氏へと見事にバトンタッチされ、一層理想化されますが、そこには、結果として生じる女性の怨恨《えんこん》と、それへの男性の鎮魂という型となって、「もののあはれ」を本質とする物語の中に組み込まれているようです。

紀貫之《きのつらゆき》

Ki no Tsurayuki（？～945）

歌人、学者、官僚といういくつもの顔を持ち、平安中期を代表する知識人、教養人です。

第一の功績は、醍醐《だいご》天皇の勅命《ちょくめい》による歌集の編集です。905年に、最初の勅撰《ちょくせん》集として『古今和歌集』が世に送り出され、20巻1100首もの歌が収められています。その部立《ぶだて》は『万葉集』より細かく、春、夏、秋、冬、賀《が》、離別、羇旅《きりょ》、恋、哀傷《あいしょう》（挽《ばん》歌《か》のこと）などで、後の勅撰集のお手本となりました。

第二の功績は、『古今集』に付けられた『仮名序』にみられる独自の歌論です。『万葉集』以降は、漢詩《からうた》におされがちの大和歌《やまとうた》（和歌）の価値を再評価し、「近き世にその名聞こえたる人」として、六人の優れた歌人を紹介しました。いわゆる、六歌仙《ろっかせん》です。覚え方は次の通り。少し下品ですが…。

①小野小町《おののこまち》　③喜撰法師《きせんほうし》　⑤在原業平《ありわらのなりひら》

「オー！NO！　大きな　ふんが　あるぞー」

②大伴黒主《おおとものくろぬし》　④文屋康秀《ぶんやのやすひで》　⑥僧正遍昭《そうじょうへんじょう》

『古今集』の特徴は、優美、技巧的、繊細《せんさい》といわれます。これを「たをやめぶり」（女性的）と批判した後世の学者もいますが、理知的に洗練された歌に時代を映す味わいがあります。

貫之の歌はどうでしょうか。

“人はいさ　心も知らず　ふるさとは

　花ぞ昔の　香《か》に匂ひける”（春）

第二句で切れて、「人の心はさあどうだか当てにならないものです」と言い切り、「それと比べて花は以前と変らない香《かおり》で私を迎えてくれます」と歌いました。詞書《ことばがき》によると、長谷寺参《はせでらさん》詣《けい》の都度《つど》泊っていた家の主人が、暫《しばら》く訪れなかった事を心変わりかと皮肉ったので、側《そば》の梅花を示し逆襲した歌だとか。家主《いえあるじ》が女性であると考えると、隅に置けない貫之さんですね。

第三の功績は、『土佐《とさ》日記』を書いたこと。土佐の国守の任期を終え、船で京都に帰り着くまでの55日間を、欠かさず記しました。

男として、官人としては口にし難い私的な感情を、船旅の苦労を共にした女性が書いたようにみせかけ、素直に知的につづりました。

『土佐日記』に使われた語彙《ごい》数は984語で、４才児の使える言葉数です。平易な表現で人の心を動かすことは可能なのでしょうか。

①“寄する波　うちも寄せなむ　わが恋ふる

　　　人忘れ貝　下《お》りて拾はむ”

これは恋の歌でしょうか。貫之は土佐にいる時に、幼い娘を病気で亡くしました。悲しみの余り、忘れ貝を拾って忘れてしまおうと詠《よ》んだのは、亡き子の母。たまらず返歌します。

②“忘れ貝　拾ひしもせじ　白玉を

　　　恋ふるをだにも　かたみと思はむ”

忘れ貝は拾いません。せめて白玉のように美しかったあの子を恋い慕《した》う気持ちを形見に。

歌に、地の文に、４才児の語彙数で十分に人の心の襞《ひだ》を表現してみせた人が貫之でした。彼ほどの超エリートも人の子の親。心の弱さも、亡き子を美化する気持ちも、私達と同じです。それが伝わり、とてもホッとさせられますね。

『蜻蛉日記《かげろうにっき》』

Kagerō Nikki（954〜974年の記録）

この日記は、本朝三美人の一人と言われた作者（藤原道綱母《みちつなのはは》）のもとに、右大臣藤原師輔《もろすけ》の三男、兼家《かねいえ》が求婚の文《ふみ》を届けさせる話で始められます。

右大臣家といえば、最高の家柄の上流貴族で、一方、作者の父、藤原倫寧《ともやす》は地方官、受領《ずりょう》階級の、いわば中流貴族でした。これぞ玉の輿《こし》の良縁と喜ぶ周囲と、身分差に一抹《いちまつ》の不安を感じる19才の作者。26才の兼家には既に正妻時姫《ときひめ》と長男道隆《みちたか》がいました。

当時の貴族社会では、何人もの妻を持つことは実力相応で、「女性は産む機械」的発想は当たり前でした。兼家は、恋文の割には粗末な紙にかなりの悪筆で歌を贈ってきます。後にこの貴公子の大雑把《おおざっぱ》な性格がわかってきますが、だからこそ摂政《せっしょう》関白《かんぱく》太政大臣《だじょうだいじん》にまでなれたともいえる、ず太さでしょう。

兼家のなみなみならぬ作者への執着心は、四ヶ月に及ぶ歌の贈答の末に結実、翌年八月末には、一子道綱が生まれます。

題名の由来は、上巻末の「猶《なほ》ものはかなきを思へば、あるかなきかの心地《ここち》するかげろふの日記《にき》といふべし」とある一文によります。「かげろう」は諸説分かれますが、蜻蛉《とんぼ》に似て短命の虫、はかなさの象徴です。兼家という権門《けんもん》の公達《きんだち》を夫とし、成長した息子は右大将となり、なぜ作者は自分を「かげろう」と感じたのでしょうか。

結婚から出産まで、細々《こまごま》とした心遣いを見せた兼家は、道綱出産の一ヶ月後には、裏切りのシグナルを発して、新しい女との結婚を匂《にお》わせます。この時代に、兼家を独占したいと思う作者の性格が、そもそも不幸を呼んだのだと言えばそれまでですが、無神経で磊落《らいらく》な夫に振り回される女性の嘆きは、弱い立場の自分を「かげろう」に見立てさせるのです。

最初の裏切りは、女への恋文を置き忘れた形で妻に発見させ、弁解の面倒を回避、不在中の自然鎮火《ちんか》を計算に入れるというずるい手段で明るみに出ます。

“嘆《なげ》きつつ　ひとり寝《ぬ》る夜の　明くる間《ま》は
　　いかに久しき　ものとかは知る”　　　　　　　（道綱母）

『百人一首』にも載る名歌です。多情な夫への懲《こ》らしめか、訪《おとず》れて門を叩《たた》くのに開けさせず、翌朝、色あせた菊につけて贈った歌です。「貴方が来ず寂しく寝る夜は、明けるまでがとても長い。門が開くまで待って下されば、その気持ちは理解できたはず」という意味。「明く」は夜が明けるのと門が開くの掛詞《かけことば》。

“げにやげに　冬の夜ならぬ　真木《まき》の戸も
　　遅く開くるは　わびしかりけり”　　　　　　　（兼家）

「貴方の言う通りで、冬の夜も扉《とびら》もなかなか開けてくれないのはつらい」と返歌しました。

後の『大鏡《おおかがみ》（兼家伝）』では、女性の苦悩より兼家の機転が気まずい空気を救ったと誉《ほ》め、埋《う》め切れない男女の意識差が示されます。客観的に読むと、男特有の愛の形を日記の端端《はしばし》に見つけるのも事実ですが。

『竹取物語《たけとりものがたり》』

Taketori Monogatari（9〜10世紀初頭に成立）

作者はわかりませんが、平安時代初期の知識人で、和歌の素養もある学者か僧侶の男性が書いたのだろうと推測されます。

竹を取って生計を立てている翁《おきな》が竹の中から見つけた女の子は、輝くばかり美しく「かぐや姫」と名付けられ、大切に育てられます。その子を引き取って以来、翁は黄金《こがね》入りの竹を見つける日が重なり、裕福になります。

竹の中にいた女の子は三寸《さんずん》（10センチ程度）の大きさですが、三ケ月で世間並の背丈になり、早くも現実にはありえない虚構と伝奇性に気付かされます。人間と異なる聖なるモノへの憧《あこが》れとして、かぐや姫が登場するのです。

しかもその美貌は、尋常《じんじょう》ではない輝きを発光し、五人の貴公子は彼女の前ではただのピエロです。求婚に対して突きつけられた難題は人知《じんち》の及ぶ所でなく、失敗と愚かさをみせる貴公子はそのまま、貴族社会への作者の醒《さ》めた視線といえそう。

しかし、この物語は貴族社会批判という目的ではなく、かぐや姫が八月十五日の満月の夜に月に帰って行くことから、中国の神仙思想を盛り込み、超現実世界と、人間の営む現実世界の、どこまで行っても交差することのない永遠性を追求しているように思えます。

求婚する三人の貴公子は大和時代の実在の人物で、そのとんまぶりは、楽しく痛快です。しかし、二人の皇子《みこ》は匿名ですし、帝《みかど》の求婚に至っては、かぐや姫の愛情の告白もあり、遠慮が感じられます。このことから、相当な地位の男性の作と推し測られるのです。

失敗と愚かさで笑いをとる五人の求婚話に比べると、帝と姫の別れには、「もののあはれ」すら感じます。『源氏物語』の中で「物語の出《い》でき初《はじ》めの祖《おや》」と評される『竹取物語』ですが、「あはれ」は、後の物語や歌の世界に確かに受け継がれ、脈打っています。

姫を迎えに来た月の世界の人は、姫が天上界で犯した罪の償《つぐな》いのために「穢《きたな》き所」つまり人間界に下《おろ》したといいます。竹取の翁が金持ちになった理由は、「いささかなる功徳《くどく》」、つまりちょっとした善行をしたからだと。ここは因果応報《いんがおうほう》の仏教思想が濃厚なようです。

人間の感情をなくすという天《あま》の羽衣《はごろも》を着る前、姫は帝に不死の薬と文を献上します。

“今はとて　天の羽衣　着る折ぞ

　君をあはれと　思ひいでぬる”　(かぐや姫)

「羽衣を着る今となって、貴方様をしみじみとお慕《した》いする気持ちが起こりました」という意味。「あはれ」は恋愛感情に他ならず、帝は特別扱いです。

“逢ふことも　涙にうかぶ　我身には

　死なぬくすりも　何にかはせむ”　(帝)

姫と結婚できないのに不死身《ふじみ》なんて嫌《いや》だとは筋が通った返歌。不死の薬は富士山の頂上で燃やされました。

清少納言《せいしょうなごん》

Sei Shōnagon (965〜1025？)

この時代の女性は、本名や生没年などが定かでないという共通点があります。ただ、父は清原元輔《きよはらのもとすけ》という学者、歌人で、二番目の勅撰《ちょくせん》集である『後撰《ごせん》和歌集』の撰者となったほどの優れた人でした。そのため清少納言は漢詩文、和歌などの教養を身に付けていて、28才頃（993年）に、中宮定子《ちゅうぐうていし》のもとに出《しゅっ》仕《し》しました。

定子は、関白《かんぱく》藤原道隆《みちたか》の娘。15歳で入内《じゅだい》し、17歳頃に清少納言と出会いますが、24歳で亡くなります。『枕草子《まくらのそうし》』という素晴らしい随筆を書くことができたのは、定子という聡明でやさしい主人がいたればこそといわれます。

『枕草子』の中で清少納言は、男性顔負けの漢文の知識を披露《ひろう》し、当意即妙の受け答えで、定子や上流貴族を感激させていますが、和歌は苦手でした。これは、有名な歌人を父に持った子の宿命というか、到底、親に敵《かな》うはずもないという意識の強さゆえでしょう。

その分、随筆という舞台で彼女の研《と》ぎ澄《す》まされた感性は、カミソリのような切れ味で様々な自然や事象を切り取り、その手《て》並《なみ》の鮮《あざ》やかさは追随《ついずい》を許さないものがあります。

この才能を誰よりも見抜いていたのは、ライバル、紫式部《むらさきしきぶ》に他なりません。仏師《ぶっし》が木の奥から仏像を彫《ほ》り出すように、人間の心奥《しんおう》を抉《えぐ》る鑿《のみ》を揮《ふる》った式部ですが、カミソリの代用はできないと感じていたのでしょう。

『紫式部日記』には、清少納言批判が書かれていて、控え目で慎《つつ》ましやかな紫式部のイメージからは想像し難い、きつい悪口。これも、自分の及ばぬ才能を相手に認めたからこその、敗北宣言ととれなくもありません。

『無名草子《むみょうぞうし》』という鎌倉初期に成った物語評論にも、清少納言批評があります。定子が一条天皇の寵愛《ちょうあい》を受けた話だけを「身の毛も立つばかり」書いたくせに、中宮の父、道隆が亡くなり、兄弟が、叔父《おじ》道長との政争に敗れ、一門が落魄《らくはく》した事は一切《いっさい》書いていないと。

確かに『枕草子』は明るく元気印の作者の機知が前面に出て、定子を襲った悲運から目を逸《そ》らしているという指摘は否定できません。しかし彼女なりに定子への思いがあり、定子もまた清少納言へのかけ替えのなさを思っています。

138段は、定子の兄伊周《これちか》、弟隆家《たかいえ》が九州や出雲に左遷され、宮も宮中を退出され、清少納言も里下《さとさが》りを続けていた頃の話です。

彼女が道長側の人と親しいとの噂《うわさ》が立ち、半ばすねて宮中のサロンと距離を置いていた時、中宮から「いはで思ふぞ」の一言と山吹の花びらが届きます。古歌「心には下行く水のわきかへり　いはで思ふぞいふに勝《まさ》れる」を踏まえ、「言わなくてもわかっていますよ」と短い言葉で信頼を表わされたのです。感激して清少納言が中宮の元に戻ったのは言うまでもありません。もともと、素直でさっぱりした性格だったのでしょう。

紫式部《むらさきしきぶ》

Murasaki Shikibu (978〜1015？)

古典文学の最高峰といわれる『源氏物語』を書いた人も、生没年、本名は不確かです。

父は藤原為時《ためとき》で、受領《ずりょう》階級の中流貴族ですが、一門に学者、歌人が多く、教育環境は整っていました。幼少時、父が兄に漢籍を教えるのを横で聞いていて、兄より早く理解したので「お前が男の子でないのが残念だ」と父が常に嘆かれたと『紫式部日記』にあります。

22歳頃、藤原宣孝《のぶたか》という中年の中流貴族の後妻に入り、一女を生みますが二年余りで夫と死別。その頃から『源氏物語』を書き始めたようです。紫式部という名は、主人公、光源氏の最愛の人、紫上《むらさきのうえ》を描いたことからこう呼ばれたようです。蛇足ですが俗説を一つ。

宮廷内《サロン》でついた渾名《あだな》は「朝糞丸《アサクソマル》」。人がまだ寝ている間に用を足す事から。式部は答えて「紫は濃《こ》くも浅《あさ》くも染《そ》まるものかな」紫とはアサクソマルこともある、それがどうした？下品に対し上品でもって逆襲した機知の真偽は？怪しすぎますか。

1007年、藤原道長に請《こ》われて、中宮彰子《しょうし》に仕えます。后教育係の才媛を集め、娘が帝の寵愛を受ければ、摂関家として磐《ばん》石《じゃく》との道長の計算。ただ、日記によると、内向的な式部にとって花やかな宮廷生活は「あらぬ世に来たる心地《ここち》」との違和感が拭《ぬぐ》い難いものでした。

『源氏物語』(54巻) には三百人余が登場、使われた語彙《ごい》は11423個、9才児の言葉数ですが、人物造形は多彩で、情感豊かな内面描写に、人間の欲望、疑心を織りまぜる老練な筆致《ひっち》は、1万語そこそこと侮《あなど》れない威力《パワー》です。

光源氏は男性の理想像であり、在原業平《ありわらのなりひら》に見たように、色好《いろごの》みは貴族社会で必須条件。「もののあはれ」を知る事こそが男の値打ちを決定。一つ間違えば『竹取物語』の貴公子のように笑い者となるはずが、光り輝く美貌と知性、血統書付き、立居《たちい》振舞《ふるまい》に発するフェロモン、脆《もろ》い涙腺《るいせん》は業平モデル、いやそれ以上に完璧な人。とても現代小説では成立し難いキャラクターですが、それなりにリアリティが感じられるのは、ひとえに作者の腕。

物語を貫く糸が一本あるとすれば、綾《あや》なす女性遍歴の全てが、亡くした母に似るとされる父帝の後妻、藤壺《ふじつぼ》への思慕《しぼ》に手繰《たぐ》り寄せられます。マザコンと言ってしまえばあまりに安直ですが、亡母への思いは女性への憧れとして正当化され、リアリティを持つのです。

藤壺の拒絶に悩みつつ、面影を宿す若紫《わかむらさき》に安らぐ源氏。後の紫上ですが藤壺の姪《めい》です。里下《さとさが》りの折の藤壺との一夜は、罪の子（冷泉帝《れいぜいてい》）の出生という秘密を伏線に、因果応報、輪廻《りんね》の仏教観を漂わせつつ展開します。女三宮《おんなさんのみや》を正妻とした源氏は、亡妻葵《あおい》の甥《おい》、柏木《かしわぎ》と女三宮との不義の子の薫《かおる》を抱いて、若い日の自分に問いかけます。その答は、源氏亡き後の「宇治十帖《うじじゅうじょう》」で、薫が背負うこととなります。

「宇治十帖」とは、最後の十巻をいいます。宇治に住む源氏の異母弟八宮《はちのみや》の二人の姫君（大君《おおいぎみ》と中君《なかのぎみ》）、そしてその異母妹、浮舟《うきふね》をめぐる薫と匂宮《におうのみや》の物語です。

体から高貴な香りの漂《ただよ》う薫は、出生の秘密を知り、暗い影のある青年。匂宮は今上帝《きんじょうてい》の第三皇子で、艶《つや》やかで明るく多情な青年。二人に同時に想われた浮舟は入水《じゅすい》。その波紋やいかに？

和泉式部《いずみしきぶ》

Izumi Shikibu（生没年未詳）

恋多き女のイメージが定着している人ですが、美人であったかどうかは不確かです。しかし、家に通ってくる男性がばったり鉢合《はちあ》わせという話もあり、まさに男出入りの激しい、情熱的な女性だったのでしょう。

十代で橘道貞《たちばなみちさだ》と結婚し、夫が和泉守《いずみのかみ》であったことから、和泉式部と呼ばれます。二人の間に娘（小式部内侍《こしきぶのないし》）が生まれますが、夫婦仲は冷たく、道貞は別の女性を伴って赴任したとも伝えられ、京都に残った式部の自由恋愛が花開くと同時に、歌にも磨きがかかります。

『和泉式部日記』は、十ヶ月前に死別した恋人、為尊《ためたか》親王を偲《しの》びながら庭を眺めている場面から始まります。親王は冷泉院《れいぜいいん》第三皇子、束《つか》の間《ま》の熱い恋は、26才という若さの死で幕を閉じます。「夢よりもはかなき世の中を、嘆きわびつつ明かし暮らす」式部の所に、顔見知りの僕《しもべ》がやってきて、今は故宮《こみや》の弟、敦道《あつみち》（帥宮《そちのみや》）に仕えていると話します。古文で「世の中」は男女の仲のこと。死別も「はかない」ものですが、この時、敦道親王から橘《たちばな》の花枝をもらった式部には、次の恋の予感があります。橘は『古今集』に歌われ、昔を思い出す象徴。故宮ゆかりの弟宮の存在を示唆《しさ》します。

“五月待《さつき ま》つ　花橘《はなたちばな》の　香をかげば
　昔の人の　袖の香ぞする”　　（『古今集』読み人しらず）

式部は即時に帥宮への歌を僕に託しました。

“薫る香に　よそふるよりは　ほととぎす
　聞かばやおなじ　声やしたると”

帥宮をほととぎすにたとえ、故兄宮《あにみや》と同じ声かどうかをお聞きしたいものですわ、と積極的に会いたい気持ちをほのめかしました。

それから二人は急接近、宮は23才の皇族、式部は30才近い《アラサー》、恋愛経験豊富な人妻。周囲の心ない中傷にもめげず、帥宮が迎えに来て、式部の宮邸《みやてい》入りが半ば強引に果たされます。宮の正妻が出ていくことで、八ヶ月の忍ぶ恋は、式部の勝利となり、日記も終わるのです。

この鮮やかな表現力、歌の機知、媚《こ》びや熱情が和泉式部の何よりの武器。簡単に装着できるとは思えません。

しかし帥宮も27才で早世《そうせい》、嘆きは続きます。

“語らひし　声ぞ恋しき　面影《おもかげ》は
　ありしそながら　物も言はねば”

「語らふ」は語らい寝たということで、もう一度耳元でその声が聞きたいという願い。宮の面影は目に焼きついているのに。

式部の武器といえばもう一つ、黒髪では？

“黒髪の　乱れも知らず　うち伏せば
　まづ掻《か》きやりし　人ぞ恋しき”　（『和泉式部集』所収）

取り乱して伏していた式部の髪を、何も言わずにかきなでてくれた恋しい人が、過去に何人も通り過ぎたような。可愛らしさと好色《すき》。『源氏物語』という最高の好色物語を書いた紫式部

ですら、和泉式部の好色《すき》の実践には太刀打《たちう》ちできず、露骨な悪口を日記に残しました（「紫式部日記」の和泉式部批評が参考になります）。嫉妬というより羨望《せんぼう》に近い強い感情で？

『大鏡《おおかがみ》』

Ōkagami（11世紀末〜12世紀初成立）

「歴史物語」というジャンルは平安後期に確立されたもので、『大鏡』がその代表です。

11世紀半ば、藤原道長《みちなが》一門に独占され競争相手を失った後《こう》宮《きゅう》では、女房文学は衰退し始め、ついに『源氏物語』を超える作品は現れませんでした。しかし、作り物語の主人公に代わり、実在の道長を理想像として歴史を物語化する新形態の『栄《えい》花《が》物語』が現れ、歴史物語の先鞭《せんべん》をつけます。

作り物語から脱した意義は大きいのですが、狭い宮廷内の生活、行事描写を中心とし、道長全盛期への感傷的な賛美《さんび》に溺《おぼ》れ、史料的価値はあっても批判力に乏《とぼ》しいものでした。

次に現れたのが『大鏡』です。作者は不明ですが、短く歯切れの良い文と、華麗《かれい》さを捨てて事件の真相を批判的、道義的に見ていこうという姿勢で貫かれていることから、事情通《つう》の、地位の高い男性と考えられます。

「歴史の真実を鏡に映し出す」という意味で、「鏡物《かがみもの》」とは歴史物語のことなのです。『大鏡・今鏡《いまかがみ》・水鏡《みずかがみ》・増鏡《ますかがみ》』を一《いっ》括《かつ》して「四鏡《しきょう》」といい、「大今水増（ダイコンミズマシ）」と覚えます。

歴史の書き方は①編年体《へんねんたい》、②紀伝体《きでんたい》の２通りあり、①は年代順に記す方法で、『栄花物語』や、従来の正史《せいし》と呼ばれる歴史書がそうです。

②は中国の正史、司馬遷《しばせん》の『史記《しき》』にならい、個人の伝記を中心に歴史を述べる方法です。『大鏡』『今鏡』がこの形で、「本紀《ほんぎ》」（帝王一代の歴史）と、「列伝《れつでん》」（臣下の伝記）に分かれ、紀伝とします。『大鏡』の評価が高い理由は何でしょうか。

舞台設定の新鮮さ。雲林院《うりんいん》という寺の法会《ほうえ》の始まる前のつれづれに、推定150歳と140歳の二人のスーパー老人が直接見聞した事を語り、20歳位の若侍《わかざむらい》が司会者のように上手に話を聞き出します。そこに、「今の入道殿下（道長）の御有様」を一緒に語り合いたいという、老翁の目的を示しつつも、曇りのない眼で今に至る歴史を伝えるという作者の意志があります。

道長の人間像は殊に詳しく、豪胆無比《ごうたんむひ》でありながら、危機的状況をユーモアや機知で取りなす繊細さもあり、魅力的に描かれています。

ある五月雨《さみだれ》の降り続く闇夜《やみよ》に、花山《かざん》天皇の発案で魂試《きもだめ》しが行われます。道隆《みちたか》と道兼《みちかね》は途中で逃げ帰りますが、弟の道長は不気味な御所《ごしょ》の庭を、一番遠い大極殿《だいごくでん》まで行き、その柱を削り、証拠として持ち帰る気の強さです。

花山天皇といえば、その出家に兼家《かねいえ》（道長父）の陰謀があったことを、『大鏡』は隠さず伝えています。二年の在位後、妃を亡くした19歳の帝の虚無感につけ入り、道兼は「そら泣き」までして出家を催促。「われをば謀《はか》るなりけり」と泣かれた帝に作者は「あはれにかなしきことなりな」と同情し、「すかし申し給ひけむが恐ろしさよ」と詐欺《さぎ》まがいの行動に怒りを表し、兼家・道兼父子の義について、世に問いました。

中世《ちゅうせい》の文学《ぶんがく》

Middle Ages (1192～1603)

1192年の鎌倉幕府成立から、江戸幕府開設までの、戦乱に開け暮れた四百年間を中世とします。時代を動かす力は貴族から武士に移り、諸行無常を感じる知的な人々は、隠者という形で俗世間から離れ、独自の境地を楽しみつつ、随筆、和歌、説話などを書きました。

まず、平安時代後期の戦乱から「軍記《ぐんき》物語」というジャンルの作品が現れ、『平家《へいけ》物語』を代表とし、平家一門の栄華と衰亡の有様を、琵琶《びわ》法師の語りにより、広く各地に伝えたのです。それまで、宮廷を中心に一部の特権階級の趣味であった文学が、武士や庶民に広まったこともこの中世の特徴です。

ただ和歌は、相変わらず貴族文化の中心でした。1205年には、八番目の勅撰集、『新古今集』が誕生、『万葉集』『古今集』と共に、三大集とされます。撰者は藤原定家《さだいえ》が中心で、王朝文化の衰退を感じつつ、それへの憧れも含ませ、象徴的な歌風となっています。

中でも西行《さいぎょう》は、北面の武士という職を捨て、23歳で出家、旅に生き旅に死んだ人ですが、『新古今集』と『山家《さんか》集』に足跡《そくせき》を残し、隠者《いんじゃ》の創作態度のお手本ともいわれます。

“心なき　身にもあはれは　知られけり
　鴫《しぎ》立つ沢の　秋の夕暮れ”　　(西行)

三夕《さんせき》の歌の一つ。「心なき身」とは、俗世間の愛憎を超越した出家者の境遇を指し、そんな自分でも、「あはれ」を感じる心の残っていることを、孤独のうちに噛《か》みしめるのです。

では「心ある」とは何でしょうか。定家は「有心《うしん》」を唱え、平安期の「好色《すき》」や「もののあはれ」に繋《つな》がりつつ、風景や恋愛に多感である感傷的な心のあり方としました。これは、和歌会の余興であった「連歌《れんが》」において、「有心連歌」と「無心《むしん》連歌」にわかれ、特に後者は、おかしみを狙いとする「俳諧《はいかい》の連歌」から、17世紀の「俳諧」へと展開したのです。

随筆は、天変地異と源平の争乱を体験した『方丈記《ほうじょうき》』や、人生を達観したかのような『徒然草《つれづれぐさ》』が光を放つ名作です。

前期と比べて、極端に女性の活躍がみられなくなるのも、この中世という期の特徴です。

ただ、『十六夜《いざよい》日記』は、息子の所領をめぐる訴訟《そしょう》で、阿仏尼《あぶつに》が京都から鎌倉へ下る日記紀行文で、歌人としても優れていた作者による、王朝文学を思わせる名文です。

また、鎌倉仏教の隆盛と共に発達したのが「説話《せつわ》集」というジャンルで、寺に参詣する老若男女への説教話がまとめられ、教訓を含みつつ、わかり易く語られています。主な作品は『宇治拾遺物語《うじしゅういものがたり》』『十訓抄《じっきんしょう》』『古今著聞集《ここんちょもんじゅう》』『沙石集《しゃせきしゅう》』など、隠者の作でしょう。

室町時代は、文学が芸能と融合《ゆうごう》し、「能」「狂言」となり、足利将軍に庇護《ひご》され大成しました。観阿弥《かんあみ》、世阿弥《ぜあみ》父子の活躍により、芸術性も高められ、舞台芸術に道をつけました。

『平家物語《へいけものがたり》』

Heike Monogatari（13世紀中頃？）

「滅《ほろ》びの美」を描かせては、恐らく世界屈指の名作といえるのが、この『平家物語』でしょう。惨《むごた》らしいはずの源氏、平家の戦《いくさ》の中に、あたら散ってゆく人の命を、これほど悲しくも尊く輝かせた筆の力、いえ、語りの力は、『源氏物語』といえども及び難いものです。

作者は信濃前司行長《しなののぜんじゆきなが》との説もありますが確証はなく、「平曲《へいきょく》」という琵琶の音曲に合わせて、各地に語り広められたとされます。

琵琶法師の語り口は、時にしみじみとした情感を湛《たた》え、またある場面では激しい躍動感を漲《みなぎ》らせ、変幻自在のリズムで聴く者の心を波立たせたに違いありません。

「祇園精舎《ぎおんしょうじゃ》の鐘《かね》の声、諸行無常の響《ひびき》あり。」

これは有名な冒頭文の一節です。「盛者必衰《じょうしゃひっすい》の理《ことわり》」を簡潔な漢文体に乗せ、また、これから語ろうとする人間ドラマの精髄を端的《たんてき》に捉《とら》えた文章です。が、優雅な場面では和文体に変えるなど、和漢混交の語りの妙を聴かせます。

“一《いち》の谷《たに》の軍《いくさ》破《やぶ》れ、討《う》たれし平家の君達《きんだち》あはれ”

幼い頃聴いた物悲しい歌詞とメロディーは琵琶法師ならぬ母の声。「敦盛《あつもり》の最期《さいご》」という段は「青葉《あおば》の笛」となって、昔の女学生達に歌われ、平家の若武者を悼《いた》んだようです。

沖の船を目指して馬を泳がせて行く平家武者を見つけた熊《くま》谷《がえ》次郎直実《のじろうなおざね》は、「卑怯《ひきょう》にも敵《かたき》に背中を見せなさるよ」と挑発し、潔《いさぎよ》く引き返してきた相手を馬上から組み落とし、首を切ろうとします。甲《かぶと》を上げて顔を見ると、薄化粧、お歯黒《はぐろ》の16、7歳のチョー美形《イケメン》。熊谷は思わず息子とダブらせて「助け参らせん」と叫ぶのです。美しい顔のどこに刀を突き立てられるのか。ためらう熊谷に「疾《と》く疾《と》く首をとれ」と言うばかり。そこで助けても、いずれ源氏の誰かに討たれるだけ、と泣く泣く首を切り、ふと見ると腰には錦《にしき》の袋に入れた笛。

殺伐《さつばつ》とした戦場の武士の心を和《やわ》らげてくれた夜《よ》ごとの管絃《かんげん》の主《ぬし》はこの人だったのか、と源義経《よしつね》はじめ「見る人涙を流さずといふことなし」。若い命を散らした平敦盛に、源氏武士の全てが袖を絞《しぼ》りました。熊谷は「あはれ、弓矢取る身ほど口惜《くちお》しかりけるものはなし」と武士の身の無情を嘆き、出家を志すのです。

いたずらに戦争や殺人や自刃《じじん》を美化するのではなく、どんな事情があるにせよ、失われていく命に対して、たとえ憎い敵軍の将であっても、心からの涙で哀悼《あいとう》する姿は、日本人の美意識であり、良心であり、誇りでしょう。

また、『平家物語』は平家一門の栄耀栄華《えいようえいが》の、春の夜の夢の如《ごと》きはかなさを語りつつ、天皇を頂点とした貴族社会の落日と武家政治の始まりという、“チェンジ”の瞬間の目撃者でもあります。望ましい交替《チェンジ》かを問いかけつつ。

小泉八雲の『耳なし芳一』が参考になります。

鴨長明《かものちょうめい》

Kamo no Chōmei (1155〜1216)

多才な人で、京都下鴨《しもがも》神社の神官の家に生まれますが職は継《つ》げず、琵琶や和歌を学び、後鳥羽院《ごとばいん》の和歌所《わかどころ》に召されたりしますが、急に出家。何が隠者生活に駆《か》り立てたのでしょうか。残された作品が教えてくれるようです。

(イ)『無名抄《むみょうしょう》』　歌論
(ロ)『方丈記《ほうじょうき》』　随筆
(ハ)『発心集《ほっしんしゅう》』　説話集

(イ)には、鴨長明の和歌についての挫折《ざせつ》と栄光が語られ、器用貧乏というか、不遇な面がうかがい知れます。

ある歌合《うたあわせ》の折、長明は月の歌を詠みました。

“石川や　せみの小川の　清ければ
　月も流れを　たづねてぞすむ”

「すむ」に「住む」と「澄む」の掛詞を使った良い歌ですが、判者《はんじゃ》が「せみのを川」なんて聞いたことがないとしたため判定は持ち越し。下鴨神社縁起《えんぎ》に「せみのを川」は賀茂河《かもがわ》の別名だとあると不満をもらしたところ、他の人が次々と「せみのを川」を歌に詠み始めます。これでは誰が最初にこの言葉を使ったのかわからなくなる、と気の毒がる友人。ところが『新古今集』にこの歌が入ったのです。それを「嬉しく侍《はべ》るなり。但《ただ》し、あはれ無益《むえき》のことかな」と、喜びつつも俗っぽい栄誉に浮かれる自分をつまらないことだと自制します。

（ロ）は、冒頭文があまりにも有名で、「無常観」を端的に表したものといわれますが、その体験は「五大災厄《さいやく》」というすさまじいものです。

① 安元《あんげん》の大火･･･1177年，23才
② 治承《じしょう》の辻風《つじかぜ》･･･1180年，26才
③ 福原遷都《せんと》･･･1180年，26才
④ 養和《ようわ》の飢饉《ききん》・疫病《えきびょう》･･･1181～82年，27才
⑤ 元暦《げんりゃく》の大地震（平家滅亡）･･･1185年，31才

長明が50歳で急に出家した理由はいろいろいわれますが、青年期にこうした悲惨《ひさん》な有様を見て、自分の運命に悲観的になったことは十分考えられます。

京の市内だけで4万2300もの死体が累累《るいるい》と重なり、河原や市外の死者は計測不能という有様。

「ゆく河の流れは絶えずして、しかも元の水にあらず。よどみに浮かぶうたかたは、かつ消えかつむすびて、久しくとどまりたるためしなし。世の中にある人とすみかと、またかくのごとし」(『方丈記』)

この世に生きる人と家は、川の水や泡のように、生じる一方で消えていくはかないものであるという「無常観」がこうして文章となりました。天災に加えて、源平の戦いと平家滅亡を見届けた長明の目には、明日を信じて生きること自体、不可能と映ったのでしょう。

数々の災厄の描写、出家に至る心境と世俗への未練、仏道修行への純粋な思いなど、客観的な視線は、時に主観的な自我とも向き合い、世俗から一歩引いた批評家精神は、方丈の庵《いおり》の中で、中世の隠者の強靭《きょうじん》な心によって育まれました。

また、近くに住む山番の子どもとの交流は、五十の年の差も互いの心の慰《なぐさ》めに支障はなく、読者もここに至って、長明のために安堵《あんど》します。

息のつまるような災厄にまみれた現実の中で、純粋な子どもとの交流が与えた安らぎを信じたいような。

「小倉百人一首《おぐらひゃくにんいっしゅ》」

Ogura Hyakunin Isshu（1235年成立）

鎌倉時代の歌人の藤原定家《さだいえ》が、勅撰《ちょくせん》和歌集から一人一首、合計百首の秀歌を選んだものです。京都嵯峨野《さがの》の小倉《おぐら》山にあった別荘で、色紙に歌を書いたことから、「小倉百人一首」との名がついたといわれます。

何万とある歌から百首選んだにしては、その歌人の最高の作とはいい難い歌もあり、別の意図があったのかと考えると謎めきますが、歌を学びたい人の道案内的な役割も負い、今も「歌カルタ」として広く愛されています。

ここでは、女性の歌をとり上げます。百人中21人が女性で、恋の歌が七割弱、「もののあはれ」を知ることに、女のプライドをかけた歌の女王達《クイーン》の織りなす世界を味わいましょう。

（※数字は百人一首のナンバー）

(67)“春の夜の　夢ばかりなる　手枕《たまくら》に
　　かひなく立たむ　名こそ惜《を》しけれ”　(周防内侍《すおうのないし》)

二条院サロンの夜更《よふけ》、作者が「枕がほしい」といったところ、藤原忠家《ただいえ》が御簾《みす》の下から「どうぞ」と腕《かいな》を差し入れたので、拒絶した歌。貴方の腕枕《うでまくら》のせいでつまらなく立つ私の浮名《うきな》が残念なのです、と。「腕《かいな》」と「甲斐《かい》な」は掛詞《かけことば》。

(65)“恨《うら》みわび　干《ほ》さぬ袖だに　あるものを
　　恋に朽《く》ちなむ　名こそ惜《を》しけれ”　(相模《さがみ》)

「恋」の題で内裏歌合《だいりうたあわせ》で勝った歌とか。男のつれなさに恨み流す涙で乾く間もない袖さえ朽ちないのに、恋の噂で我が名が朽ち果てそうで悔《くや》しい。片思いの割に強気なのは勝敗がかかるから？まさに恋よりプライド。

(38)“忘らるる　身をば思はず　誓《ちか》ひてし
　　人の命の　惜《を》しくもあるかな”　(右近《うこん》)

貴方に忘れられる我が身は辛いと思いませんが、神仏に愛を誓った貴方が罰を受けて失う命が惜しいのです。作者を裏切って去った男の身を案じる女心はビミョーに怖《こわ》い。

(54)“忘れじの　行く末までは　難《かた》ければ
　　今日を限りの　命ともがな”　(儀同三司母《ぎどうさんしのはは》)

決して忘れないというお言葉が将来まで変らないとは期待できません。だから今日限りで死にたいのです。恋は命がけ？

(89)“玉の緒《を》よ　絶えなば絶えね　長らへば
　　しのぶることの　弱りもぞする”　(式子内親王《しょくしないしんのう》)

生き長らえていると、胸の思いを秘《ひ》めることに堪《た》えられなくなりそうだから、私の命よ、絶えるならば絶えてしまえばいい。「玉の緒」とは命のこと。「絶えなば絶えね」は命も惜しまない激しさですが、忍ぶ恋の緊張感が伝わる名歌で、意中の人は藤原定家だったとも。

(80)“長からむ　心も知らず　黒髪の
　　乱れて今朝《けさ》は　ものをこそ思へ”　(待賢門院堀河《たいけんもんいんほりかわ》)

長く愛すると誓った貴方の心がわからないので、別れた後の今朝は、寝乱れた黒髪のように、思い乱れています。和泉《いずみ》式部から堀河、与謝野晶子《よさのあきこ》へと黒髪は乱れて物思うようです。

吉田兼好《よしだけんこう》

Yoshida Kenkō (1283〜1350？)

少しへそ曲りな主張の中に、人間の本質が垣間《かいま》みられる、そういう随筆『徒然草《つれづれぐさ》』を書いたのがこの人です。

生家は吉田神社の社務職で、京都大学周辺は吉田といわれますが、彼は北面の武士を経験した後、30歳ごろに出家、地名をとり、吉田兼好と称しました。

歌人として名高いだけでなく、神道、仏教、漢籍にも通じた、中世隠者の典型的インテリで、博学ぶりは作品に遺憾《いかん》なく発揮されます。

「つれづれなるままに」で始まり、その書名の由来《ゆらい》と共に、「ものぐるほし」いほどの、モチベーションの高まりが語られる「序段」は、暗記している人も多いことでしょう。

さて、兼好の好き嫌いの激しさは後世の異論反論を生みつつも、主張は色褪《あ》せません。兼好のお眼鏡にかなった人とはどんな人か。

ある人に誘われて、夜明けまで月を見て歩いた時の事。その人は急にある家に取り次ぎさせて入っていきます。通《かよ》って来る人のいなさそうな荒れた庭なのに香《こう》の匂いが漂う。友が出てくるまで物陰で待つ作者は、見送りに出てきた人（多分、女性）がすぐには戸を閉めず、月をながめながら客を送る風情《ふぜい》に心打たれます。すぐにガチャンと鍵をかけるのは失礼より無風流と。

俄仕立《にわかじた》ての風流ではない「朝夕の心づかひ」、ふだんからの心掛けとは耳が痛い（32段）。

ある晩春の散歩の途中で見かけたのは、上品な家の室内で書物を見る20歳くらいの美しい男性。「心にくく」思い、関心を深めます。「心にくし」は奥ゆかしく上品に感じられること。兼好の心を動かす言葉です。

また秋の月光の下で供の童《わらわ》をつれ、笛を吹きつつ歩く身分の高そうな狩衣《かりぎぬ》姿の若い男性。心惹《ひ》かれてつけていくと、山里の大きな邸内に消え、香の匂いが風にのって身にしみます。書物も笛も香も、心にくい演出で作者の好み。事実か否かはさておいても品格は大切な要素。

反対に「友とするにわろき者」、つまり友達にしたくない人とは（117段）。

① 高くやんごとなき人。　（身分の高い人）

② 若き人。　（若い人）

③ 病《やまい》なく身強き人。　（病弱でない人）

④ 酒を好む人。　（酒好き）

⑤ たけく勇《いさ》める兵《つわもの》。　（武士）

⑥ 虚言《そらごと》する人。　（うそつき）

⑦ 欲深き人。　（欲張り）

①、②、③は、弱い人の気持ちが理解できない人なのでしょう。上品な若者に心惹かれていても、理想は理想。お友達には重いのかも。

「よき友、三つあり。」よい友達とは。

① 物くるる友。　　　　　（物をくれる友人）
② 医師《くすし》。　　　　　　　　（医者）
③ 知恵ある友。　　　　　（賢い友人）
やけに現実的ですが、物心両面で助けてくれる人。電話もメールもない時代は人と人との距離感は隠者であっても近いのが何よりと。

世阿弥元清《ぜあみもときよ》

Zeami Motokiyo (1363〜1443)

室町時代の代表的な能役者ですが、彼の名が現代まで残っている理由は、謡曲《ようきょく》作品を数多く書いたことと、「能」の理論である『風姿花伝《ふうしかでん》』『花鏡《かきょう》』『申楽談儀《さるがくだんぎ》』などの、能楽書を著したからだと考えられます。

世阿弥の父は、観阿弥清次《かんあみきよつぐ》といい、奈良春日大社《かすがたいしゃ》に属する大和猿楽《やまとさるがく》の結崎座《ゆうさきざ》の大夫《たゆう》です。猿楽とは、上代に大陸から伝わった滑稽芸の散楽《さんがく》が日本古来の芸能と融合、宗教的呪術《じゅじゅつ》的儀式として大流行したもの。その猿楽に、歌舞を伴う劇がくっつくと「猿楽の能」とよばれ、「座」という劇団のようなものができました。そして、有力寺社の支援と、将軍足利義満《あしかがよしみつ》の庇護《ひご》により、観阿弥、世阿弥は、滑稽芸から脱した舞台芸術「能」を作り上げました。

1374年頃、父と共に11歳の世阿弥は、子方《こかた》として直面《ひためん》で義満の前で演じ、その美貌に魅せられた16歳の将軍は、以降、能の保護と共に世阿弥を個人的に寵愛《ちょうあい》したとされます。

能は面を着けて演じる点など、ギリシャ悲劇との共通性が指摘されますが、観客が高貴な人限定であった事や能面に表情を与えた点などが異なります。王朝色の強い「勅撰《ちょくせん》和歌集」の世界を舞台に再現しようとした点からも、世阿弥の「幽玄《ゆうげん》の能」の優婉《ゆうえん》、高尚《こうしょう》性が説明されるでしょう。

「幽玄」は、藤原定家の父、俊成《としなり》が理想とした余情美で、世阿弥に至って、優美さが強調され、その美は舞台に咲く「花」そのもの。

『風姿花伝』は、日本最古の演劇論書ですが、父観阿弥の教えを基礎としつつ、「花」「幽玄」「物学《ものまね》」、年齢に応じた稽古の心得などを七巻に分けて論じた世界的に高度な芸能論です。

謡曲の題材は、勅撰集だけでなく、『伊勢物語』『源氏物語』『平家物語』、唐物《からもの》（中国の話）などにも求められ、シテ（主役）、ワキ（相手役）、ツレ（助演者）等から成る登場者は、全て男性が演じ、豪華な衣装、荘厳《そうごん》な所作はまさに花。

ただ能舞台は、役者にとっては武士の戦場と同じで真剣勝負。姿かたちの美しさも重視され、「初心忘るべからず」の名言が『花鏡』に生まれ「せぬならでは手立てなきほどの大事を老後にせんこと、初心にてはなしや」と、老後をも初心とする執念をみせます。

扇《おうぎ》は能の必需品ですが、中でも『船弁慶《ふなべんけい》』は、シテの平知盛《たいらのとももり》の霊が大小前《だいしょうまえ》の位置に着く前に地謡《じうたい》に扇を回し、長刀《なぎなた》を受けとり義経《よしつね》（子方）と優雅に対峙《たいじ》します。この場合、扇はあまり必要ないのになぜ持って出るのでしょう。

貴人の前で万一失敗すれば、その場で切腹するよう命じられていた当時、シテは全員が短刀を身につけ舞台へ。扇はその名残りとか。世阿弥は義満没後、義教《よしのり》に迫害され佐渡へ流刑。義教は能観劇中に暗殺されたとは何やら因縁めいています。

近世《きんせい》の文学《ぶんがく》

Early modern period (1603〜1867)

江戸時代の文学を指し、鎖国政策や封建体制下での身分固定、思想統一などの不自由な中にもたらされた泰平《たいへい》の世は、町《ちょう》人《にん》文化の隆盛を生みます。なぜなら、泰平化の中で都市が発達し、交通、寺子屋、印刷術などの躍進が町人の富と教養を高めたからです。

近世文化は二つの山があり、一つ目は京阪を中心とする上方《かみがた》文化、二つ目は中心が江戸に移り、江戸文化というものです。

第一の元禄《げんろく》期（1688〜1704）は幕藩体制の安定期で、華やかな上方文化が展開されますが、それに色を添えたのが三人の天才の出現でした。『奥の細道』を著した松尾芭蕉《まつおばしょう》、人形浄《じょう》瑠璃《るり》作家の近松門左衛門《ちかまつもんざえもん》、浮世草子《うきよぞうし》の創始者、井原西鶴《いはらさいかく》の三人が、奇《く》しくも同時期に存在します。

また、この期には坂田藤十郎《さかたとうじゅうろう》という歌舞伎《かぶき》の名役者が上方で活躍、江戸の市川団十郎《いちかわだんじゅうろう》と共に、東西歌舞伎を伝統芸として高めました。

元禄3年には、僧契沖《けいちゅう》による『万葉代匠記《まんようだいしょうき》』が著されるなど、古典研究も進みます。こうした流れは、加茂真淵《かものまぶち》から弟子の本居宣長《もとおりのりなが》へと受け継がれ、『古事記伝』『源氏物語玉《たま》の小櫛《おぐし》』などの卓越した注釈や評論を生みました。

幕府による心中物脚本の禁止と近松の死で、人形浄瑠璃は衰えをみせ、中心も上方から江戸へと移ってゆきます。また浄瑠璃に替わり、歌舞伎が庶民に歓迎され、脚本家、役者が共に活躍、2つ目の山を迎えます。中でも鶴屋南北《つるやなんぼく》による『東海道四谷怪談《よつやかいだん》』は、戸板返《といたがえ》しなどの見せ場を作り観衆を集めました。色と金のため邪魔になった妻、岩《いわ》に、策を弄《ろう》して死なせ、死体を川に捨てた民谷伊右衛門《たみやいえもん》は、その怨霊により更なる狂気、自滅へ。砂村隠亡堀《おんぼうぼり》で戸板に縛られた小仏小平《こぼとけこへい》の死体が浮上し、斬り付けると裏返って岩の亡霊が現れる。退廃《たいはい》的な風潮の中で、観客は刺激的な題材を求めたようです。

このように、近世文学は町人（豪商）に支えられ、町人が発展させたといえるでしょう。能は幕府・諸大名をスポンサーとして、相変わらず庶民の前では演じられなかったものの、稽古を見せる「稽古能」により町人も見る機会が得られたようです。また、俳諧は芭蕉から与謝蕪村《よさぶそん》、小林一茶《こばやしいっさ》へ引き継がれます。

小説は、西鶴の浮世草子が期間限定、上方文化の中心でしたが、江戸期には読本《よみほん》作者の上田秋成《うえだあきなり》が現れ、前期読本を刊行、後期読本は山東京伝《さんとうきょうでん》や曲亭馬琴《きょくていばきん》が書きました。

特徴として、俗世の中に風雅を見出そうとする流れと、俗世にまみれて現実逃避しようとする流れの共存が指摘されます。読本vs滑稽本や人情本《にんじょうぼん》がそうですし、和歌vs狂歌、俳諧vs川柳《せんりゅう》など。後者は滑稽に流れて文学的価値は低いものの、権力への抵抗、諷刺の精神に、次の近代文学への予兆を感じます。

井原西鶴《いはらさいかく》

Ihara Saikaku (1642〜1693)

『好色一代男《こうしょくいちだいおとこ》』という有名な作品を書いた西鶴とはどういう人だったのでしょうか。自身で残した経歴がないのでよくわかりませんが、大阪（昔は大坂）の裕福な町人の子として生まれたものの家業は継がず、僧形《そうぎょう》の楽隠居《らくいんきょ》、つまり隠者だったようです。

隠者の表芸《おもてげい》として俳諧に親しみ、大阪の談林《だんりん》派・西山宗因《そういん》の門下生となり、めきめきと頭角を現します。談林俳諧は、古い俳諧連歌の式目に縛られない斬新《ざんしん》・自由な作風で、当時流行していたのです。15歳で俳諧を志し、21歳で点者《てんじゃ》（俳諧の優劣判定者）になったことからも、文学的素養に恵まれていたことがわかります。

西鶴は、自分の才能に挑戦するかのように矢数《やかず》俳諧（一定時間に多数句詠む）を興行し、42歳頃、大阪住吉神社《すみよしじんじゃ》で一昼夜に23500句を独吟《どくぎん》し、二万翁《おう》と号したとされます。単純に計算して、一句を3.6秒、不眠不休、飲食もトイレも吟じつつと想像すると、タフさが可笑しいような。しかし、この興行で俳諧としばし縁を切り、小説家西鶴が生まれます。ほぼ同世代の芭《ば》蕉《しょう》の存在が俳諧を捨てさせたとは不確かな話。

『好色一代男』は当節の浮世の享楽《きょうらく》的生活を「転合書《てんごうかき》」つまり、いたずら書きの軽い気持ちで書いたのだとか。俳諧師として培《つちか》った口達者な洒落《しゃれ》やふざけの雑談調の文体は、変化に富み、伝統にとらわれず自由闊達《かったつ》です。

富豪と遊女の間に生まれた主人公、世之介《よのすけ》の、7歳から60歳までの54年の好色生活は、54巻からなる『源氏物語』や光源氏を否応《いやおう》なく連想させつつ、似《に》て非《ひ》なる主人公の放蕩無頼《ほうとうぶらい》は、遊里《ゆうり》という特殊社会を舞台に、掟《おきて》や法と無縁の自由人の生き方として造形されます。

「たはぶれし女3742人、少人のもてあそび725人」なる世之介は、還暦の年、浮世に心残りはないと言い切り、「心の友」六人と共に「好色丸《よしいろまる》」に多くの怪しげな物品と、なぜか『伊勢物語』二百部を積み込み、女護《にょご》の島《しま》目指して出帆、後は行方知れずとなります。

さて、「日本の古典のベスト3」は何かとの問いに対して、世界的な日本文学研究者である、ドナルド・キーン氏は、

1位 …『源氏物語』　紫式部

2位 …『好色五人女』　井原西鶴

3位 …『細雪《ささめゆき》』　谷崎潤一郎

と答えてられます（2009年3月25日　読売新聞）。

浮世草子の最初として『好色一代男』のもつ意義は大きいのですが、西鶴が遊里の外に目を向け、実話に基づく五人の女性の恋愛を描いた意義も大きいものでした。厳しい秩序やモラルの中で、愛に忠実であるため痛ましく散った町家の女性に西鶴の筆は優しく、キーン氏の第2位という評価は、僭越《せんえつ》ながら、洞察力の深さに感嘆せざるを得ません。

他に町人物、武家物の多くに西鶴らしさが。

松尾芭蕉《まつおばしょう》

Matsuo Bashō (1644〜1694)

俳諧《はいかい》を言葉の遊びから芸術にまで高めた人です。

伊賀上野《いがうえの》に生まれ、若い頃は京都で雲水《うんすい》をしていたとか、29歳で江戸に出たとかは、芭蕉のいう「漂泊《ひょうはく》の思ひ」の片鱗でしょうか。

俳諧師として立机《りっき》（宗匠になる）を目指し江戸に出た芭蕉は、魚問屋、鯉屋《こいや》に落ち着きます。主人は杉風《さんぷう》と号し、終生、芭蕉のよき理解者、弟子、パトロンでした。この時の号は桃《とう》青《せい》。当時は、面倒なルールにこだわらない自由な気風の談林《だんりん》俳諧が盛んで、それに加わります。

35歳で談林派の宗匠となりますが、38歳で突如、点者《てんじゃ》廃業を宣言、「市中に住み侘《わ》び」て杉風が用意した深川の庵に退去、「点者をすべきよりは乞食を」とはどういう心境の変化か、周囲には杉風はじめ、其角《きかく》、嵐雪《らんせつ》ら力のある門人も大勢いたのですが、プロでもアマチュアでもない境遇に自分を追い込むことで、俗世間の価値観に縛られない自由人として、生まれかわろうとしたのでしょうか。庵の庭に植えられた芭蕉が、そのまま桃青から芭蕉への転身を見届けます。

“芭蕉野分《のわき》して　盥《たらい》に雨を　聞く夜かな”

芭蕉の大きな葉は野分（台風)で破れそうな音を立てているのに、雨漏りの音も聞き逃さない。芭蕉の耳はいつも現実の音をよく捉えました。

火事の類焼で二年住んだ庵は焼失。これをきっかけとして、「無所住の心」を強めたとされます。世俗の名利のための俳諧を見限り、日常性に背を向けて引きこもろうとした芭蕉は、逆に、外の世界と交わりを深めることで日常性を超えようとしたのか、風雅《ふうが》の誠を求めて旅に出ます。

作家、上田秋成《うえだあきなり》は芭蕉の旅を非難し、西行らが乱世に無所住の思いで漂泊したことは理に適《かな》うが、太平の世に「僧俗いづれともなき人の、かく事触れて狂ひあるく」ことは認められないと。表面的な見方であることと、市民の枠からはみ出た俳諧師へのやっかみもあったようです。

芭蕉の主な旅は次の通りです。

① 野ざらし紀行（江戸～東海道～伊賀） 1685年，41歳
② 鹿島《かしま》紀行 （江戸～常陸国鹿島） 1687年，44歳
③ 笈《おい》の小文《こぶみ》 （江戸～伊勢・明石～伊賀） 1687年，44歳

④ 更科紀行《さらしな》　　（近江～木曽路・善光寺）　1688年，45歳
⑤ 奥の細道　　（江戸～奥州北陸～大垣）　1689年，46歳

元禄２年は、敬愛する西行の五百年忌で、『奥の細道』の旅立に芭蕉の決意があります。

“行く春や　鳥啼《な》き魚の　目は泪《なみだ》”

行く春の三月末に人々と別れを惜しみ、曽良《そら》を伴い出発、全行程2349km、平泉の中尊寺を北限として日本海べりを南下、岐阜の大垣に着いたのは九月初めです。

“蛤《はまぐり》の　ふたみにわかれ　行く秋ぞ”

大垣に着いて、多くの門人知人に暖かく迎えられたのも束の間、芭蕉は伊勢に向かうといってこの句を『奥の細道』のしめくくりとしました。行く春と行く秋の首尾を整え、蛤の「蓋《ふた》と身《み》」のような別れ難さと、伊勢の二見浦を掛けた点にも、芭蕉の理念とした「さび」「しをり」「ほそみ」「かるみ」の作風の展開がみられるようです。

また、芭蕉の耳は次の句で有名です。

“古池や　かはづ飛びこむ　水の音”

“頓《やが》て死ぬ　けしきは見えず　蝉《せみ》の声”

もう一つ、芭蕉が、新潟の市振《いちぶり》の宿で耳にした隣室の遊女らの話し声から次の句が。

“一家《ひとつや》に　遊女も寝たり　萩《はぎ》と月”

遊女と僧衣の芭蕉・曽良の取り合わせは萩と月。壁ごしに聞いた哀れな境遇。翌朝、泣いて同行を乞《こ》う彼女らを「振って」先を急ぐ話は、ドラマチックですが芭蕉の虚構とも。

近松門左衛門《ちかまつもんざえもん》

Chikamatsu Monzaemon (1653〜1724)

日本最高の劇作家で、日本のシェイクスピアともいわれますが、人形浄瑠璃《じょうるり》や歌舞伎《かぶき》の脚本家というとわかり易いでしょう。

武士の次男として福井に生まれますが、先祖代々、仕官《しかん》と浪人の繰り返しという定まらない家系で、父の浪人中に一家で京都に出てきたのが近松15歳、そこで浄瑠璃を学びます。

浄瑠璃とは、「浄瑠璃御前《ごぜん》物語」の語り口を後に浄瑠璃節《ぶし》と称したもの。その名手、竹本義太夫《ぎだゆう》が現れ、浄瑠璃、三味線《しゃみせん》、操人形の三者一体の舞台劇、人形浄瑠璃が完成します。

近松は元禄期、坂田藤十郎という美形の歌舞伎役者のために脚本を書きます。上方は和事《わごと》芸、江戸は市川団十郎の荒事《あらごと》芸に二分され、和事は恋愛など女性的な柔らかさを基調とし、業平《なりひら》や光源氏を近世にもってきたような役柄。一方、団十郎は、「竹ぬき五郎」などの超人的でりりしい演技で荒事芸の基を開きました。

その後、近松は大阪竹本座の専属浄瑠璃作家となり、新ジャンル「世話物《せわもの》」を開拓、一作目の「曽根崎《そねざき》心中」は大ヒットします。

世話物は観客と同じ時代、社会に生きる人々が、封建的な統制の下《もと》、義理と人情のからみ合いの中で、多くは恋愛における男女の破滅にむかう姿として描かれます。

1703年上演の『曽根崎心中』は、一ヶ月前の実話に基き脚色され、「お初《はつ》・徳兵衛《とくべえ》」の物語として大阪の聴衆の共感の涙を誘いました。「世話物」はその後も『心中天網島《しんじゅうてんのあみじま》』などの名作を生みますが、観客はそこに男女の究極の愛の姿を見たがっていたのではありません。

お初・小春《こはる》という、弱い立場の女性が愛の報いで命を落とすにしても、来世では必ず報われねばならない。徳兵衛、治兵衛《じへえ》はどうでも、治兵衛のできすぎた女房おさんのしおらしさは救われねばならないのです。近松はその期待を裏切ることなく、庶民のみすぼらしい死に光をあて、同時に救済の天の網《あみ》を広げました。

近松68歳の作『心中天網島』は、遊女小春と紙屋治兵衛の心中を結末としていますが、実は治兵衛の妻おさんと小春の「女は相身互《あいみたが》い」という、女だからわかる相手の心の痛みを軸に、尊い自己犠牲精神が貫かれています。男は単なる引立役。

妻子がいながら遊女に夢中になり、紙屋の店は破産寸前。夫と小春の心中を予感したおさんは、夫と別れてくれと手紙を書きます。女としておさんに同情した小春は「愛想尽《あいそづ》かし」で治兵衛を諦めようと。治兵衛は叔母・兄に責められ、心ならず縁切り誓紙に血判。未練の涙涙の夫に妻は金を掻集《かきあつ》めて渡し、小春一人を死なせては女同士の義理が立たぬと夫を小春請出《うけだし》に急がせます。ここも見せ場の一つ。おさんの清らかな心。その妻に配慮し、場所と方法を別にして死にゆく小春、治兵衛に来世の救いは？

新井白石《あらいはくせき》

Arai Hakuseki (1657～1725)

六代将軍家宣《いえのぶ》が、まだ甲府藩主の徳川綱豊《つなとよ》であった時に、白石は師木下順庵《きのしたじゅんあん》の推挙で37歳で仕官しました。その11年後に、綱豊は五代将軍綱吉《つなよし》の養嗣子《ようしし》となって、家宣と改名し、江戸城に入り、白石も西ノ丸に部屋を与えられ、儒学者として侍講《じこう》の道を歩み始めます。

白石は、家宣、家継《いえつぐ》二代に仕えますが、８代将軍吉宗《よしむね》には斥《しりぞ》けられ、「ひまな身」となったため『折《お》たく柴《しば》の記』の執筆にとりかかったと「序」でのべています。

新井白石というと、幕府の政治家という印象が強いのですが、その自叙伝《じじょでん》『折たく柴の記』は、60歳で免職され、生涯最後の10年の不遇の中で、公人として生きた白石と、私人としての白石との間の緊張が感じられる、非常に文学的な作品といえます。父祖の話から始めているのも、大変、儒学者らしい。白石の父、新井正済《まさなり》は武士として土屋家に仕える前は、「かぶき者」の仲間に入っていたらしく、ちょっと意外な発見です。

近世初期に出雲のお国の創始した踊りは、意表をついた自由な行動を意味する「傾《かぶ》く」から、「傾き踊り」とされ「歌舞伎」につながったといわれます。そして、「傾き者」という語も、常《じょう》軌《き》を逸《いっ》した衣装を着けて行動した、仙台伊達《だて》家の侍《さむらい》たちに由来する「男伊達《おとこだて》」と同じ意味で使われました。

白石は父の若い頃について、やはり「遊侠《ゆうきょう》」つまり、「傾き者」として「東走西奔《とうそうせいほん》、その縦跡さだまれる事もなく」と書いています。13歳で故郷を出奔《しゅっぽん》して江戸に出て来た正済は、1601年、戦国残滓《ざんし》の異臭の中で生まれたといえます。失業武士の多くは浪人者、傾き者となって集団を組み、一般社会と遊離した頽廃《たいはい》的な傾向を持ちつつも、近世の身分制度への抵抗精神を見せた存在といえるでしょう。

そうした苦労の上、仕官できた父はかなり厳格な人で、白石は父57歳、母42歳の時の子ですが姉妹四人は若いうちに亡くなり、９歳の頃には、秋・冬の間、一日四千字の手習いを日課に命じられ、眠くなると裸になって冷たい水をかぶり、この日課をやり遂げたとか。その甲斐あって、９歳で父の手紙の代筆をし、漢籍も難なく読みました。

26歳で綱吉の大老《たいろう》堀田《ほった》正俊《まさとし》に仕え、30歳で儒者木下順庵に入門。35歳で浪人となりますが、37歳から徳川綱豊《つなとよ》の侍講となり20数年、「正徳《しょうとく》の治」など、文治政治を推進します。

『折たく柴の記』は日本文学史上、類をみない堂々たる自己主張、自己弁護の書で、暴れん坊将軍、吉宗《よしむね》の迫害に屈しない気迫があります。

その中で印象に残る白石の父の教訓は、「自分が一番嫌いだと思うことから耐えれば、耐えられる」。二つ目は「金と女は慎《つつ》しむ」。傾《かぶ》き者として苦労した人の処世訓《しょせいくん》は、平成生まれに通じるか。昭和生まれにも通じ難い？

本居宣長《もとおりのりなが》

Motōri Norinaga (1730〜1801)

伊勢松阪（古くは松坂）の人で、12歳から終生住み続けた魚町１丁目の家の書斎は「鈴屋《すずのや》」と号され、その４畳半から、彼の偉大な研究が生み出され、多くの弟子も巣立ったといわれています。

幼い頃から、習字や漢籍に熱心で、23歳で医学修行のため京都に上り、契沖《けいちゅう》の『百人一首改観抄』を見たことで、古典研究にも強く関心をもつことになります。

何といっても特筆すべきは、『古事記伝』を書き切ったことで、きっかけは、松阪に旅行中の加茂真淵《かものまぶち》を訪ね、入門したことです。翌年『古事記伝』の稿をおこし、69歳で全44巻を脱稿するまで、実に35年の年月を費しています。『古事記』の注釈書ですが、実証性に富み、後々の研究者にも多大な影響を与えた、国学の最高峰といえる作品です。

ただ一人、宣長を頭から否定した人がいました。上田秋成《あきなり》です。秋成は、ほぼ同年代の人で、医者を開業しつつ、文学研究に打ちこんだ点では、宣長と似た生き方といえますが性格が頑固で人とうちとけず、孤独でした。

「ひが言《ごと》をいふてなりとも弟子ほしや、古事記伝兵衛と人はいふとも」（『胆大小心録』秋成）

宣長を弟子を集めるだけの乞食のような人間と罵倒します。「ひが言」とは誤った言説。

また、1787年は、この二人の古道についての論争を、問答形式にまとめた『呵刈葭《あしかりよし》』が完成。秋成のふっかけたケンカを宣長が冷やかに受け止めていますが、高尚すぎるケンカ。

松阪の自宅で小児科医を開業しつつ、二男三女や、塙保己一《はなわほきいち》ら大勢の門人を支え、支えられ、研究に没頭できた宣長という人は、秋成でなくても、妬《ねた》ましいような存在でしょう。

『玉勝間《たまかつま》』は、宣長の人生、学問、芸術への思いを知ることのできる随筆です。

中国の故事に、貧しくて燈油の買えない孫康《そんこう》という人が、夜は雪の光で本を読み、同じく車胤《しゃいん》という人は夏は蛍を集めて学問し、「蛍雪《けいせつ》の功」という言葉が生まれたが、一年の中に雪や蛍が手に入るのはわずかな期間で、それがない時は夜は勉強しなかったのかと反発しています。名声を貪《むさぼ》る偽り事が大嫌いな人で、儒教精神を否定し、古代精神《やまとごころ》を尊重する意思がここに。

67歳で書き上げた『源氏物語玉《たま》の小櫛《おぐし》』は「もののあはれ」を『源氏物語』の本質とする宣長の思想を伝える不朽の注釈書です。宣長が長く続けた『源氏物語』の講義の集大成であり、彼の芸術至上の思いをよく伝えています。宣長より前の学者は、『源氏物語』を仏教、儒教、老荘《ろうそう》思想に照らして説明していたのですが、そうした道義的な見解を排し、人の心がある対象に出会った時に、思わずほとばしり出る自然的感動が本質であるとし、ここにも宣長は古代精神を見ているのです。

与謝蕪村《よさぶそん》と小林一茶《こばやしいっさ》

Yosa Buson (1716〜1783) & Kobayashi Issa (1763〜1827)

蕪村が俳諧師であると同時に、すぐれた画家であったことは、その俳風を語る時、いつも言われることです。

画家の眼で捉えた対象を、客観的に詠む力と、もう一つ、歴史的古典的素材を物語風にロマンチックに詠む力を併せ持つ人です。

蕪村は大阪の生まれですが、20歳頃、江戸に出て、早野巴人《はやのはじん》に俳諧を学びます。巴人は芭蕉の弟子の榎本其角《えのもときかく》、服部嵐雪《はっとりらんせつ》に学んだ人で、その日本橋の住まいを「夜半亭《やはんてい》」と称しました。蕪村は55歳で、京都で「夜半亭」を継承すると共に本格的に蕉風俳諧の復興に取り組み、天明《てんめい》調俳諧の中心となりました。

ただ、芭蕉のストイックなまでの風雅第一の生き方や、俳諧における人生的なテーマまでは受け継いではいないのです。芭蕉の句が「さび・しをり」の枯淡美であるとすれば、蕪村の句は時にカラフルで豊かな美しさです。画業の傍らの俳諧には趣味としての余裕が。

①“時鳥《ほととぎす》　画《え》に鳴け　東《ひがし》四郎二郎”

これは京都紫野《むらさきの》の大徳寺にある、狩野元信《かのうもとのぶ》のひよどりを描いた襖絵《ふすまえ》を見ての句。「四郎二郎」は元信の名で、東の空が白むに言いかけて、歴史上の人物を句の中に入れた機転です。

②“鳥羽殿へ　五六騎いそぐ　野分《のわき》かな”

③“公達《きんだち》に　きつね化けたり　宵《よい》の春”

④“さしぬきを　足でぬぐ夜や　朧月《おぼろ》”

そのまま、絵になるような句です。③④は、明るく生めいた春の宵、狐が化けたような妖艶《ようえん》な貴公子のそぞろ歩きと、ほろ酔い気分の公達の、袴《はかま》を脱ぐものうい動作を、朧月が見ています。サラリーマンが酔っぱらって帰って、ズボンを足で脱いでも、絵にも句にもサマにもなりませんが。『新花摘《しんはなつみ》』には、亡母追善《ついぜん》の発句と俳論・俳文が収められ、没後、『蕪村句集』が出ました。

一茶の句は親しみ易く、またわかり易いものです。総じて、弱者への同情や人間くささを前面に出して、自由で飄々《ひょうひょう》とした味わいを感じさせます。

信濃の柏原《かしわばら》の農家の生まれで、3歳で生母と死別し、継母とは不和で、15歳で江戸に奉公に出、俳諧を学びます。一茶と号して、諸国を放浪、39歳の頃、故郷に戻り、病床の父が亡くなるまで看病しました。その時の日記が『父の終焉《しゅうえん》日記』で、一茶の父へのやさしさと、死後の遺産相続をめぐる継母・異母弟との対立が記されています。しかし12年後に和解し故郷に安住。

“これがまあ　つひの栖《すみか》か　雪五尺”

自分の終焉の地の雪深さにあきれつつも安堵。

57歳の時、身辺雑記風の『おらが春』を書きます。書名は次の句から。

“めでたさも　中位なり　おらが春”

“雪とけて　村いっぱいの　子供かな”

また、他にも

“われときて　遊べや親の　ない雀”

“やせ蛙　まけるな一茶　これにあり”

“やれ打つな　はえが手を摺《す》り　足をする”

どれも説明無用の、ほのぼのとした句です。

“涼風《すずかぜ》の　曲がりくねって　来たりけり”

これは、裏長屋に住んでいた頃、涼しい風が路地を曲がりくねってここまで来たと感謝。

“露の世は　露の世ながら　さりながら”

50過ぎて結婚し、生まれた子を亡くした親心は、この世がいくら儚《はかな》いとしても諦めきれません。若い妻にも子にも次々先立たれ、土蔵暮らしの末、その中で孤独死というあはれ。

上田秋成《うえだあきなり》

Ueda Akinari (1734〜1809)

浮世草子《うきよぞうし》の流れをくみ、前期読本《よみほん》を代表する作家です。当時の草双紙《くさぞうし》などは、絵が主で文章は従でしたが、読本は、中国小説の翻訳などから始まった、文章中心の、大人むきの小説のようなものです。

上田秋成は大阪で生まれ、紙油商の養子に出され、実の親に捨てられたひがみから、青年期は遊んでばかりの無頼の徒。しかし、俳諧を学ぶうち学問に目覚め、中国文学にかぶれる一方で、和歌から国学、また医学も修めるという大変身。

35歳の時、中国の口語体小説である白話《はくわ》小説の影響の強い怪異小説『雨月《うげつ》物語』が完成します。これは「白峯《しらみね》」「菊花《きくか》の約《ちぎり》」など九編からなる短編小説集で、華麗な和漢混交体で記され、歴史小説風でありつつ、作家秋成の鋭い人間観察と豊かな知識に裏打ちされ、知的な読本の典型といえます。

特に「白峯」は、保元の乱を起こし、讃岐《さぬき》（香川県）に流され亡くなった崇徳《すとく》院の怨霊が、西行《さいぎょう》法師の前に現れ、問答するというもの。歴史の解釈はさておくとして、崇徳院のひたむきで純粋な人物造形に、秋成の思想や価値観がうかがわれるのも興味深いものです。

「菊花の約」や「吉備津《きびつ》の釜」など、確かに怪談ではあるのですが、ただ安直に怪異を登場させるのではなく、その口を借りて、軽薄で不純に毒されつつある世情を批判的に語ろうとす

る秋成の、反骨心が見えてきます。命に代えてまで守ろうとした武士と武士の約束は、それが容易に守られない社会であることを、貞淑な妻を数年も待たせ続けた夫、遊女と駆け落ちして妻の怨霊に追われる男の姿からは、人間の信義とは何かが問われるているようです。

また、同時期に国学の大家として君臨していた本居宣長《もとおりのりなが》と大論争をしたり、芭蕉の悪口を言ったりと、何かともめ事の多い人でした。火事で家を失った後は、医者として開業し、晩年には、言いたい放題の随筆『胆大小心録《たんだいしょうしんろく》』を書いています。失明し、孤独のうちに、75年の生涯を閉じました。

十返舎一九《じっぺんしゃいっく》と式亭三馬《しきていさんば》

Jippensha Ikku (1765～1831) & Shikitei Sanba (1776～1822)

おどけたペンネームのこの二人は、江戸中期から後期にかけて活躍した「滑稽本《こっけいぼん》」作家。

西鶴の死後、上方のマンネリ化した浮世草子は衰え、新興都市江戸では、新たに「草双紙《くさぞうし》」「読本《よみほん》」「洒落本《しゃれぼん》」「滑稽本」「人情本」といったジャンルの作家達が登場してきます。

江戸では、出版業者は新人作家を発掘し育てることに熱心で、新人も常に文壇にデビューするため腕を磨いていました。有名な出版業者は、絵草紙問屋の蔦屋《つたや》重三郎で、山東京伝《さんとうきょうでん》や曲亭馬琴《きょくていばきん》、一九らを育て、また喜多川歌麿《きたがわうたまろ》、写楽《しゃらく》の画才を見抜き世に広めた、出版界の名プロデューサーです。

戯作《げさく》者、山東京伝（1761～1816）は、北尾政演《まさのぶ》という人気の浮世絵師でもあり、画文両道を行く彼の洒落本は自身の挿絵と蔦屋の商才で空前の大ブームを巻き起こします。

洒落本とは、遊里の万事を知りつくし、人情の機微に通じて物事を適切に処理する知恵を身につけた「通者《つうしゃ》」が、自称「通《とお》り者」の中途半端な行動を暴露嘲笑し、真の江戸人の美的生活理念を読者に教える役割をもった小説類です。全く通《つう》でない人は「野暮《やぼ》」、通ぶるだけの人は「半可通《はんかつう》」、遊里では金と時間の浪費に見栄を張る人こそが「通」「粋《いき》」でした。

が、洒落本は、通の教科書的な役割を失い、また幕府の禁令が厳しくなり、京伝が手鎖《てぐさり》刑（発禁処分）などに処せられると、次第に衰退します。そこで現れたのが十返舎一九と式亭三馬です。二人とも洒落本作家でありながら、通者意識はなく、反動も手伝って、「おかしみ」を主とした「滑稽本」という大衆小説の担い手となります。一九の代表作は『東海道中膝栗毛《ひざくりげ》』です。駿河に生まれ、江戸に出た後、大阪で青春時代を送った一九は、再び江戸へ。ちゃっかり、蔦屋重三郎方に身を寄せ、「黄表紙」と呼ばれる草双子や洒落本を百種以上出版。

『膝栗毛』は、蔦屋ではなく、村田屋から出されますが、予想以上の評判をとり、弥次郎兵衛《やじろうべえ》と喜多八《きたはち》の珍道中話として続編が書き継がれます。江戸っ子を自認する二人が、田舎の野暮を笑おうとして、逆に大恥をかいたり、遊女の籠《かご》抜けにあって、着物を遊女に着て逃げられ、裸を合羽《かっぱ》で隠してトボトボ。

“うとましや　かいたる恥も　赤はだか
　合羽づかしき　身とはなりたれ”　(喜多八)

こうして各地で失敗を重ねる弥次・喜多が、江戸に戻ったのは20年後、それ程、シリーズは好評で、一九自身の挿絵も味が出ています。作品でふざけながら、残存する肖像画は、一九の心の深淵《しんえん》を思わせるかげりも。

式亭三馬は、地方ではなく江戸前にその題材を求めて、『諢話《おどけばなし》 浮世風呂』『浮世床』を書きました。江戸庶民の社交場の銭湯や床屋の客の会話から「俗事のおかしみ」を描きます。三馬は落語好きなことから、洗練された話術が巧みで、人物の言葉づかいやなまりから、自然なおかしみと庶民目線の世相批判がにじみ、今も風俗学、国語学の資料とされます。

曲亭馬琴《きょくていばきん》

Kyokutei Bakin (1767〜1848)

馬琴の本名は滝沢解《とく》、江戸の下級武士の家に生まれますが、9歳で父が亡くなると、武家奉公に出され、苦労を重ねます。

23歳の秋、版元蔦屋《つたや》の店先で、天明の寵児ともてはやされた山東京伝に出会います。京伝は、洒落本《しゃれ》『通言総籬《つうげんそうまがき》』で有名であり、馬琴は京伝に弟子入りをし、一時、食客にもなっています。京伝が何度か手鎖《てぐさり》刑を受けた時は、馬琴が代作するなどして助け、また京伝も、偏屈な所のある馬琴を遠ざけもせず、友として大切にしたようです。

何事にも一流であった京伝が、読本《よみほん》として『忠臣水滸伝《すいこでん》』を刊行、刺激を受けた馬琴は、40歳も超えたという年に『椿説弓《ちんせつゆみ》張月《はりづき》』という長編読本を出します。これは強弓《つよゆみ》で名高い源為朝《ためとも》を主人公とする史伝物、歌舞伎で演じられる時の残虐さと官能美は、猟奇性を好むこの期の傾向でしょう。

また、28年かけて完成させたのが、日本版『水滸伝《すいこでん》』を目指したとされる『南総里見八犬伝』です。馬琴は完成の数年位前に失明しますが口述筆記で作家生活を支えたのが、息子の嫁おみちです。息子は医者でしたが病弱で、38歳で亡くなり、息子に対するおみちの態度が気に食わぬと、日記に再三愚痴っていた馬琴は、皮肉にもこの嫁に救われたのです。

『八犬伝』は全98巻106冊、文学史上未曾有《みぞう》の長編で、出版元や挿絵画家も交代するほど、まさに馬琴のライフワークでした。「仁・義・礼・智・忠・信・孝・悌《てい》」の八字を彫った水晶玉をめぐり、里見家再興を目指す、八犬士の活躍を描きます。

敵に包囲され落城寸前の苦しまぎれに、もし敵将の首を取ってきたら、伏姫《ふせひめ》を与えると犬の八房《やつふさ》に言った里見義実《よしざね》は、その夜、八房が敵将の首をくわえて戻ってきた事から、逆襲に成功、安房《あわ》一国を手中にします。犬との約束を守る気のない父に向かい、姫は信義を果たすべきと説き、八房の背に乗り城を出ます。二年後、犬の気を受け懐胎した恥辱に耐えかね死のうとする伏姫。首にかけた数珠《じゅず》玉は八方に散り失せ、姫は自害、玉の行方を求めて故姫の元カレ金碗大輔《かなまりだいすけ》は長い旅に出ます。

『水滸伝』の趣向を随所にとりこみ、勧善懲悪や因果の理《ことわり》を中核にし、類型的との批判もありますが、後期読本の代表作といえます。

馬琴の執念のこもった『八犬伝』には、仏教、儒教の理だけでなく、彼の自尊心が込められています。自身の小説を書く七つの法則を明かしつつ、七つ目の「隠微《いんび》」は、「作者の文外に深意あり。百年の後、知音《ちいん》を俟《ま》ちて、是《これ》を悟らしめんとす」とあり、ほとんどの人には理解不能の小説のテーマが隠されているのだぞ、と挑戦的です。芥川龍之介は、『戯作三昧《げさくざんまい》』という作品の中で、執筆する自分を馬琴に重ねて描いています。芸術家の魂と魂が共鳴しあい、響いてくるようです。

主要作品・作家の年表

「物語」と「小説」

◆712年	…『古事記』	作者不詳	＜歴史書＞
◆9〜10Ｃ頃	…『竹取物語』	作者不詳	＜伝奇物語＞
◆10Ｃ初頃	…『伊勢物語』	作者不詳	＜歌物語＞
◆11Ｃ初頃	…『源氏物語』	紫式部	＜王朝物語＞
◆11〜12Ｃ初頃	…『大鏡』	作者不詳	＜歴史物語＞
◆13Ｃ初頃	…『宇治拾遺物語』	作者不詳	＜説話集＞
◆13Ｃ初頃	…『平家物語』	信濃前司行長？	＜軍記物語＞
◆1682年	…『好色一代男』	井原西鶴	＜浮世草子＞
◆1768年	…『雨月物語』	上田秋成	＜前期読本＞
◆1802年	…『東海道中膝栗毛』	十返舎一九	＜滑稽本＞
◆1814年	…『南総里見八犬伝』	曲亭馬琴	＜後期読本＞
◆1886年	…『小説神髄』	坪内逍遥	＜評論／写実主義＞
◆1889年	…『浮雲』	二葉亭四迷	＜写実主義＞
◆1896年	…『たけくらべ』	樋口一葉	＜浪漫主義＞
◆1900年	…『高野聖』	泉鏡花	＜浪漫主義＞
◆1905年	…『破戒』	島崎藤村	＜自然主義＞
◆1906年	…『坊ちゃん』	夏目漱石	＜高踏派＞
◆1913年	…『雁』	森鷗外	＜浪漫主義／高踏派＞
◆1915年	…『羅生門』	芥川龍之介	＜新現実主義＞
◆1929年	…『蟹工船』	小林多喜二	＜プロレタリア文学＞
◆1926年	…『伊豆の踊子』	川端康成	＜新感覚派＞
◆1937年	…『暗夜行路』	志賀直哉	＜白樺派＞
◆1948年	…『細雪』	谷崎潤一郎	＜耽美派＞
◆1938年	…『風立ちぬ』	堀辰雄	＜新興芸術派＞
◆1949年	…『仮面の告白』	三島由紀夫	＜戦後派＞

「詩歌」と「随筆」

◆7～8C頃	…『万葉集』	大伴家持ら 編	＜歌集＞
◆905年	…『古今和歌集』	紀貫之ら 編	＜歌集＞
◆935年頃	…『土佐日記』	紀貫之	＜日記＞
◆954～974年	…『蜻蛉日記』	藤原道綱母	＜日記＞
◆996年頃	…『枕草子』	清少納言	＜随筆＞
◆1008年頃	…『和泉式部日記』	和泉式部	＜日記＞
◆1205年	…『新古今和歌集』	藤原定家ら 編	＜歌集＞
◆1212年頃	…『方丈記』	鴨長明	＜随筆＞
◆1235年	…「小倉百人一首」	藤原定家 選	＜和歌＞
◆1330年頃	…『徒然草』	吉田兼好	＜随筆＞
◆1702年	…『奥の細道』	松尾芭蕉	＜俳諧／紀行＞
◆1716年頃	…『折たく柴の記』	新井白石	＜随筆＞
◆1777年	…『新花摘』	与謝蕪村	＜俳諧＞
◆1795年	…『玉勝間』	本居宣長	＜随筆＞
◆1801年	…『父の終焉日記』	小林一茶	＜日記＞
◆1889年	…『於母影』	森鷗外 訳	＜訳詩集＞
◆1892年	…『獺祭書屋俳話』	正岡子規	＜俳句＞
◆1897年	…『若菜集』	島崎藤村	＜浪漫派／定型詩＞
◆1901年	…『みだれ髪』	与謝野晶子	＜浪漫派／短歌＞
◆1905年	…『海潮音』	上田敏 訳	＜訳詩集＞
◆1910年	…『一握の砂』	石川啄木	＜短歌＞
◆1914年	…『赤光』	斎藤茂吉	＜アララギ派／短歌＞
◆1917年	…『月に吠える』	萩原朔太郎	＜口語詩＞
◆1924年	…『春と修羅』	宮澤賢治	＜口語詩＞
◆1934年	…『山羊の歌』	中原中也	＜口語詩＞

近代《きんだい》の文学《ぶんがく》

Modern period (1868〜)

明治時代、大正時代、昭和時代に分けて、文学の流れをみていきます。

明治初期は、政府の文明開化の方針の下で西欧化こそが近代化への近道とされ、個人主義、学校教育、西欧文学などを取り込み、また、口語文体や啓蒙的な活動も広がります。

中でも小説類は、江戸時代の戯作《げさく》にみられる、スーパーヒーローの勧善懲悪的な活躍のあり方を否定し、現実の人間のあるがままを描くべきという写実主義が提唱されます。

シェイクスピア研究で名高い坪内逍遥《しょうよう》は、明治18年、『小説神髄《しんずい》』で写実主義を主張、その実践として、小説『当世書生気質《かたぎ》』を書きます。二葉亭四迷《ふたばていしめい》は、ロシア文学研究から得た小説理論の下、言文一致の小説『浮雲』で、真に日本の近代文学を出発させます。

その後、西欧化への反動として、日本の古典を再評価する尾崎紅葉《こうよう》や幸田露伴《こうだろはん》らの擬《ぎ》古典主義が流行しますが、キリスト教ヒューマニズムやフェミニズムの考え方の普及により浪漫《ろうまん》主義に吸収され、森鷗外《おうがい》の訳詩集『於母影《おもかげ》』や、北村透谷《とうこく》らによる雑誌「文学界」や与謝野鉄幹《てっかん》の「明星」が誕生します。ここで徳富蘇峰《そほう》、国木田独歩《くにきだどっぽ》、徳富蘆花《ろか》、樋口一葉《ひぐちいちよう》、石川啄木《たくぼく》、泉鏡花《きょうか》、与謝野晶子《あきこ》、土井晩翠《どいばんすい》らが、小説、詩、短歌などで活躍します。

フランス象徴詩を紹介した上田敏《びん》の『海潮音《かいちょうおん》』は、北原白秋や三木露風《ろふう》に影響を与えます。俳句や短歌は革新を唱える正岡子規《しき》の出現で、技巧に走らず、写生を重んじる方向へ。

ところが、明治39年の島崎藤村《とうそん》による『破戒《はかい》』は、日露戦争による世界観の広がりや近代自我意識の高まりもあり、前近代的な封建道徳の矛盾をえぐり出す自然主義文学運動を生むきっかけとなり、浪漫主義を退け、急速に力をもちます。岩野泡鳴《ほうめい》の『耽溺《たんでき》』、田山花袋《かたい》の『蒲団《ふとん》』、徳田秋声の『黴《かび》』などは、過剰に個人の内面の醜悪な面まで描き、「私小説」への道をつけます。

当然のごとく起こったのが反自然主義傾向の動きです。鷗外と漱石は独自の道を歩み、“高踏派《こうとう》”と呼ばれ、谷崎潤一郎は“耽美《たんび》派”として、美的な面を描くことに力を注ぎます。

大正時代になると、第一次世界大戦後にデモクラシー思想が日本に入ってきて、種々の社会運動も盛んとなり、自由な気運が生まれます。耽美派につづき、志賀直哉《なおや》、武者小路実篤《さねあつ》、有島武郎《たけお》らの、学習院出身の作家が雑誌「白樺《しらかば》」に作品を発表し、ヒューマニズムや人間の善なる部分を描く理想主義を主張。こうした反自然主義思潮は、大正を代表する作家、芥川龍之介の出現により、人間の現実を、美や醜にこだわらずに、より冷静に描く方向となり、菊池寛《かん》、久米正雄と共に、「新現実主義」と呼ばれます。

ただ、有島、芥川の相次ぐ自殺は、彼らの思潮の行き詰まりを示し、大正は終わります。しかし、詩においては、高村光太郎、萩原朔太郎《さくたろう》、室生犀星《むろうさいせい》、佐藤春夫らが口語近代詩を完成させ、短歌では子規を継いだ伊藤左千夫《さちお》、斎藤茂吉《もきち》ら“アララギ派”が活躍し昭和へ。

俳句も、子規の高弟、高浜虚子《きょし》の“ホトトギス派”を中心として、定型と季語を重んじる伝統が現代にも引き継がれています。自由律俳句の試みもありましたが、主流になっていません。

大正末から昭和にかけてプロレタリア文学が全盛となり、小林多喜二《たきじ》、葉山嘉樹《よしき》、徳永直《すなお》、宮本百合子らが活躍しますが、当局の弾圧強化により昭和10年前後に姿を消します。

川端康成や横光利一《よこみつりいち》は「新感覚派」と呼ばれますが、井伏鱒二《ますじ》らの「新興芸術派」へと展開し、「新心理主義」の堀辰雄や、「文学界」同人の小林秀雄らも活躍。大戦後は、太宰治や、『俘虜記《ふりょき》』の大岡昇平《しょうへい》、安部公房《こうぼう》、三島由紀夫、遠藤周作、石原慎太郎、大江健三郎なども文壇を支えます。川端に続いて、大江にノーベル文学賞が与えられたことで、日本文学が世界に通じるものであることが証明され、他の作家作品も外国語に訳され、広く読まれています。

坪内逍遥《つぼうちしょうよう》と二葉亭四迷《ふたばていしめい》

Tsubouchi Shōyō (1859〜1935) & Futabatei Shimei (1864〜1909)

この二人は、日本近代小説の生みの親です。

逍遥は小さい頃から弁当持ちで貸し本屋に通い、江戸末期の戯作類を片っ端から読み、山東京伝、式亭三馬、十返舎一九、曲亭馬琴などの影響を受けたと回想する程の読書家です。

官立愛知《あいち》英学校に入り、アメリカ人レーザムからシェイクスピアの講義を受けたことも逍遥にとっては大きな意味を持ちました。後に有名な『近松対シェークスピア対イプセン』で、近松門左衛門とシェイクスピアの類似点を十八項目挙げ、日本における最初の比較文学の開拓者となります。それは、東京大学政治経済科を卒業して、東京専門学校、後の早稲田大学の講師となってからですが、大正４年に教授をやめるまで多くの早大生を育て、論文も書き、『桐一葉《きりひとは》』などの戯曲も残しました。

しかし、逍遥の第一の功績は、日本の近代文学の出発といえる『小説神髄《しんずい》』と『当世書生気質《かたぎ》』を著したことでしょう。

前者は近代写実主義の提唱、後者はそれを小説の中で実践してみせたもので、共に明治18年に刊行され、画期的な書でした。

ただ、主義の実践がそのまま『当世書生気質』で成功したのかは疑わしく、江戸戯作類の改良にとどまったという説もあります。

明治19年、『小説総論』をもって『小説神髄』に対抗し、自作『浮雲』で主張を実践しようと現れたのが二葉亭四迷、22歳です。

「小説家になるくらいなら、くたばってしめぇ」
と父に反対されてこのペンネームにしたとか。

四迷は東京外国語学校のロシア語部で学んだ人で、将来の日露間外交の重要性を予測していた彼の学業成績は、常にトップクラス。しかし、ゴーゴリ、ドストエフスキー等、19世紀ロシアの作品を読んで文学に熱を入れます。

ツルゲーネフの『あひゞき』『めぐりあひ』の翻訳をしつつ、坪内逍遥との交流で芸術、文学を語り合い、高め合ったといわれます。

代表作『浮雲』は、日本で初めて言文一致体で書かれた小説で、近代文学がこれで幕を開けたといわれています。「文三とお勢《せい》と本田」の三角関係を描き、若い世代を惹《ひ》きつけますが、四迷は飽き足らず、途中で筆を折ります。

その後、東京外国語学校ロシア語教員や記者を経て、20年振りに小説『其面影《そのおもかげ》』『平凡』を書きますが、これにも満足できず、明治41年、朝日新聞の特派員でロシアへ。翌年、帰国途上のベンガル湾航行中、45歳で病没しました。

森《もり》鷗《おう》外《がい》

Mori Ōgai (1862〜1922)

口髭《ひげ》を生やした和服姿、あるいはサーベルを手にした軍服姿の写真を見ると、剣豪のような雰囲気ですが、明治の文壇における豪傑であったことは、間違いないでしょう。

本名、森林太郎《りんたろう》は石見《いわみ》（島根）津和野《つわの》の代々典医《てんい》の家の長男として生まれ、5歳で『論語』6歳で『孟子《もうし》』7歳で「四書五経」8歳で父からオランダ語を学び、10歳で上京し、ドイツ語を学習、2歳も鯖《さば》を読んで、12歳で東京医学校予科（東大医学部）に入学します。絵に描いたような英才教育ですが、それに応じられる器であったことは、森家にとって幸いでした。

19歳で東大医学部を異例の早さで卒業し、22歳で、陸軍官費留学生としてドイツに渡り、軍隊衛生学を研究します。この時、西欧の哲学、文学、美術に学ぶこと多く、日本が文明後進国であることを痛感したため、以後の文学活動が啓蒙的になったと思われます。

四年間の留学の末、ドイツ人の恋人を振り切って帰国したため、彼女が後を追って来日。この時、森家の期待の星、林太郎は、一切を両親に委ね、彼女とは会わずに帰国させます。そして翌年、海軍中将の娘、登志子《としこ》と結婚。この間の事情は1年後刊行された『舞姫《まいひめ》』によって明かされることに。そして登志子とは1年余りで離婚します。

『舞姫』は小説ですから、作り事なのですが、貧しい踊り子エリスとの愛より、立身出世を選んだ主人公、豊太郎《とよたろう》は、森林太郎の影を引きずっていることは確かでしょう。近代的自我に目覚めた者の苦悩、世間的なしがらみにもがく者の悲しみが、新鮮な異国の香りと共に描き出された作品です。

同じ頃、訳詩集『於母影《おもかげ》』で、ゲーテ（独）、ハイネ（独）やバイロン（英）、シェイクスピア（英）らの詩を紹介し、日本の近代詩発展に貢献します。また、雑誌「しがらみ草子」を創刊し、戯曲、絵画なども含め、広く評論活動も行い、連載したアンデルセンの翻訳『即興《そっきょう》詩人』は原作をしのぐ名訳との評価を得ます。スピード離婚や、坪内逍遥との「没理想論争」、軍医部長として日清、日露の両戦争に従軍するなど、印象としては戦闘的な人のようですが、醒《さ》めた眼で時代の動きを察知する動体視力のよさは、剣豪、武蔵のよう。

鷗外は、他にも『舞姫』論争、演劇改良論争など、多くの論争で相手を激しく論破していますが、こうした論戦を経て、日本が文明的に成長できたことは事実でした。鷗外自身も、反自然主義の立場で『青年』や『雁《がん》』を書いた後、歴史小説作家に変身します。きっかけは明治天皇の死と、乃木《のぎ》大将夫妻の殉死だといわれます。『阿部一族』では殉死を、『高瀬舟《たかせぶね》』では安楽死をとり上げ、自身にも社会にも重いテーマを突きつけま

す。

鷗外が『舞姫』に始まり、史伝物『渋江抽斎《しぶえちゅうさい》』に終わったことを、奇妙に感じる人に、どう説明すべきかは難しいのですが、青春時代の挫折の実感とエリスへの想いは、時代の秩序を守ろうとする、軍医としての保守的立場と近代知識人としての革新的立場のせめぎ合いの間で、常に鷗外の中に存在していたと考えられます。

60歳で病死した遺書には、

「余《よ》ハ石見《いわみ》人森林太郎トシテ死セント欲ス」

とあり、一切の功績を拒絶し、墓碑銘には「森林太郎墓」とだけ書くよう厳命しました。ドイツ留学生の林太郎のまま、彼の時計は止まっていたのでしょうか。

樋口一葉《ひぐちいちよう》

Higuchi Ichiyō (1872〜1896)

24年という短い一生でしたが、平成の世に五千円札の顔として蘇《よみがえ》り、内面の美しさと共に、作品のみずみずしさ、繊細な感性が、少しも古びないことの不思議。人間の心の奥を真っすぐ見つめた眼は、明治の女性のしんの強さや、表に出すことのない悲しみを湛《たた》えて今の社会を射抜くようです。

父と兄が結核で亡くなると、17歳の一葉の肩に一家の生活がのしかかりました。14歳頃から歌塾「萩《はぎ》の舎《や》」に通い、古典や和歌の知識は十分でしたが、貧しさから、小説の原稿料で母と妹を養おうと決意、新聞小説記者であった半井桃水《なからいとうすい》に師事します。

桃水は既婚者で、かなりの美男子。彼にその気はなくても、親切な指導に一葉の心は揺れ、恋愛感情を抱きます。しかし、二人の仲を疑う噂が立ち、一葉の方から絶縁、精神的なショックはきつく、生活もますます困窮し、吉原遊廓《ゆうかく》の裏手の下谷《したや》龍泉寺《りゅうせんじ》町に引っ越しました。ここで荒物《あらもの》、駄菓子の小売り店を開きますが、結局、商売は失敗し、一年弱で再び転居。本郷丸山福山町での、亡くなるまでの一年余は、「奇跡」といわれるものでした。

明治27年、22歳の一葉が、雑誌「文学界」に発表した『大《おお》

つごもり』は高い評価を得ます。「文学界」は、北村透谷《とうこく》や島崎藤村らがおり、浪漫《ろうまん》主義運動の拠点でした。

明治28年発表の『たけくらべ』『にごりえ』『十三夜』、亡くなる年には『わかれ道』『われから』『うらむらさき』を執筆、まるで身を削るように、いや、命の期限を惜しむかのように書きつづります。

生き急いだ薄幸の女性作家の名声が高まるのは死後のことですが、鷗外はその才能を一葉存命中に認めた人です。

『即興詩人』『舞姫』で評価を得ていた鷗外が、自分の創刊した批評誌「めさまし草」に『たけくらべ』を評しています。

「…われは縦令《たとい》世の人に一葉崇拝の嘲《あざけり》を受けんまでも、この人にまことの詩人といふ称をおくることを惜しまざるなり…（略）」と。

「文学界」の仲間が興奮して一葉の家にやってきて、喜びあった様子は、日記に残されています。

一葉が駄菓子屋を営んだ龍泉寺町での生活は、小説家を諦める覚悟によるものでしたが、遊廓の周辺で生きる人々を観察したことが、名作を生む肥《こや》しになったことは運命の女神の采配《さいはい》だったのでしょう。

『たけくらべ』は、妓楼《ぎろう》の遊女を姉に持つ14歳の美登利《みどり》と、寺の跡取りの信如《しんにょ》との淡い恋を描きます。ゆくゆくは遊女と僧侶という噛《か》み合うことのない二人のさだめに、読者は自身の実ることのなかった初恋に重ね涙したのかもしれません。

自由恋愛という語が登場したばかりの明治中期は、封建道徳や家父長制の下で、女性の立場は弱く、まして遊女や酌婦《しゃくふ》に身を落とした人に「恋愛」はあり得ない時代でした。

しかし、どんなにしてでも人は生きねばならず、結核の微熱で、不思議に高ぶる一葉の筆は、貧しさの中で懸命に生きようとする女性の心意気を、詩的に清らかに描きました。

『にごりえ』の中の「お力《りき》」も、『十三夜』の中の「お関《せき》」も、そして、いずれ大人になっていく「美登利」も、どういう運命を辿《たど》ろうとも、一葉の姿と重なるのはなぜでしょうか。

正岡子規《まさおかしき》

Masaoka Shiki (1867～1902)

愛媛県松山に生まれた子規は、松山中学を中退して上京、東京帝国大学予備門に入学し、22歳の頃、同級生の夏目漱石《そうせき》と親交を深めます。この頃、結核で喀血《かっけつ》し、子規と号します。子規はほととぎすのこと。「鳴いて血を吐く不如帰《ほととぎす》」といわれるように鳴き声のかん高い鳥で、結核の代名詞。冥途を往来するともいわれ、「帰るに如《し》かず」（帰るがいい）の名から。

“帰ろふと　泣かずに笑へ　時鳥《ほととぎす》”　　　　（夏目金之助）

これは漱石が子規を励まして送った俳句です。

帝大（東大）の国文科に入学して後、俳句の研究に励み、「獺《だっ》祭書屋《さいしょおく》俳話」を新聞に連載します。これは俳句革新の口火を切るもので、与謝蕪村を高く評価する「写生俳句」の主張につながって行きます。「獺祭」とは、カワウソが捕えた魚を陳列する習慣を祭りにたとえ、転じて、詩文を作るとき、周りに参考書を広げることも意味し、子規は獺祭書屋主人とも号しました。

東大を中退した子規は新聞社に入り、日清戦争に記者として従軍、帰りの船上で大喀血し、一命はとりとめたものの、松山の下宿で静養。この時、漱石も中学教師で赴任中で、同じ下宿で二人は旧交を暖めます。共に28歳。

病気になってからが子規の本領発揮です。同郷の後輩、高浜《たかはま》虚子《きょし》を句誌「ホトトギス」の責任者とし、東京根岸に転居し、新人を養成。「俳句」とは、俳諧連歌《はいかいれんが》の発句《ほっく》の独立性を強調した子規の造語。「虚子」の号は、本名清《きよし》から、やはり子規の命名です。「野球」も子規の幼名「升《のぼる》」をもじり、ノボールと。

脊椎《せきつい》カリエスにむしばまれて、血膿《ちうみ》の付いた包帯を換える都度、泣き叫びながらも、短歌の革新にも力を入れ、『歌よみに与ふる書』を新聞に連載。『古今集』を否定し、写生を重んじ、源実朝《さねとも》の万葉調の歌を推賞しました。

日暮里駅裏手の根岸子規庵から、『病牀六尺《びょうしょう》』や『墨汁一滴《ぼくじゅういってき》』などが日本新聞に送られ、死の二日前まで連載されたのです。

この他に、生前は公表されなかった『仰臥漫録《ぎょうがまんろく》』という日記もあります。畳一枚分、六尺の病床が子規の全世界。その中にあって、子規を支えたものは何だったのでしょうか。

母と妹が看病し、虚子や碧梧桐《へきごとう》などの弟子が口述筆記したものが、新聞を通して多くの人の心に伝わる。子規が何度も自殺を考え、地獄の痛みに号泣し、安楽死させろと叫ぶ一方で、自分を客観的に見、記録し、発信し続けたのは、外の世界との確かなつながりが実感できたからでしょう。またロンドンに居て、西洋の話と俳句を十数枚も書いて寄こす漱石との友情。13年間の往復書簡には、母や弟子にも言えない子規の本音と、作家になる前の漱石の初々しい知性があふれ、胸を打たれます。

①“いくたびも　雪の深さを　尋ねけり”

もう起き上がれないので、降りつもる雪を気にして、子供のように母や妹にききます。

②“五月雨《さみだれ》や　上野の山も　見あきたり”

病床から窓越しに眺める上野の緑。「見あきたり」と五月雨のうっとおしさは納得。

痰《たん》を切るという糸瓜《へちま》が、その頃も今も、子規庵の庭に植えられています。次の三句は絶筆で死の数時間前に自ら筆で書いたもの。

③“をととひの　へちまの水も　取らざりき”

④“糸瓜咲《さき》て　痰のつまりし　仏《ほとけ》かな”

⑤“痰一斗《いっと》　糸瓜の水も　間にあはず”

ロンドンにいて、虚子から死を聞いた漱石は、「手向《たむ》くべき線香もなくて　暮の秋」と友の死を悼みました。35歳でした。

夏目漱石《なつめそうせき》

Natsume Sōseki (1867〜1916)

痛快な小説『坊ちゃん』から、青春小説『三四郎』を経て、人間のエゴイズムを鋭く抉《えぐ》り出す『こころ』など、そのいずれもが、漱石の高い教養と誠実な人間性に裏打ちされた作品であることを疑う人はいないでしょう。

江戸の生まれで、本名は金之助。１歳で養子に出されるなど、不遇の幼少時代を過ごしますが、東京帝国大学予備門時代に正岡子規と知り合い、俳句を作り文学に親しみます。東京帝大は、文明開化の時代を考え、英文科を選択し、卒業後は松山中学、熊本第五高等学校教師を経験、これが『坊ちゃん』執筆に大きく関わることになります。

1900年、33歳で文部省の留学生として、世紀末のロンドンに渡りますが、留学費用の大半は本代に消え、栄養失調と文明的格差のショックなどからノイローゼとなり帰国します。

帰国後は、小泉八雲《やくも》（ラフカディオ・ハーン）の後任として東京帝大の英文科講師に着任。この時既に親友である子規は亡くなった後でした。その弟子の高浜虚子の勧めで、俳誌「ホトトギス」に連載したのが『吾輩《わがはい》は猫である』で、これが好評で、以降、『倫敦塔《ロンドンとう》』『坊ちゃん』『草枕』などを発表します。

猫の目から世相をユーモラスに批判しつつ、中学教師、珍野《ちんの》

苦沙弥《くしゃみ》の家に集まってくるインテリと、彼らと噛み合わない厚顔無恥の世俗との対比を生き生きと描きます。江戸っ子の坊ちゃんの単純幼稚な正義感も、卑劣な世俗の批判を含み、人気を得ました。

明治40年、東大教授の座を蹴って朝日新聞に入社。この頃は、自然主義の台頭期で、漱石は同調せず、人生を余裕を持って見つめる態度を貫きます。

前期三部作『三四郎』『それから』『門』は、当時の知識人のあり方を追究し、『三四郎』で提起された「無意識の偽善」は、『それから』でさらに掘り下げられます。主人公、代助《だいすけ》を父の遺産を食いつぶして生きる「高等遊民《ゆうみん》」として描き、余計者としてのインテリの愛と罪の偽善を責め、『門』では、友人の妻を奪った人間の罪の意識と解脱《げだつ》の所在を探るという重いテーマにつきあたります。

明治43年は、療養先の伊豆修善寺温泉で、胃潰瘍《いかいよう》のため吐血し、危篤に陥った忘れ難い年でした。ここで、漱石の作品に、変化を見ることができます。

後期三部作『彼岸過迄《ひがんすぎまで》』『行人《こうじん》』『こころ』は、エゴイズムについて深めた作品です。胃痛と家庭不和の心身両面の苦しみから、近代人の不安と孤独を自分の問題として引き寄せ、エゴイズムと罪の問題に、「死」という解決を示したのが、『こころ』の中の、「先生」です。「先生の遺書」において、友人Kの純愛を出し抜いて、下宿屋の「お嬢さん」を妻にし、Kを自殺させた罪の意識を、自死で消し去ろうとします。乃木大将夫妻の殉死に衝撃を受けて、歴史小説に転じた森鷗外と引き合いに出される『こころ』の結末です。

ただ、漱石は、「死」で全てが解決されることを否定する方向に転じ、生きる中でエゴイズムから脱け出すことを考え、「則《そく》天去私《てんきょし》」の調和的境地を目指しました。

大正5年、『明暗』に着手し、何物にも囚われることのない、自由なあり方を描こうとしながら、病気の悪化で、49歳の生涯を閉じ、「則天去私」も『明暗』も完結しないまま、大きな宿題として、私達に託されました。

島崎藤村《しまざきとうそん》

Shimazaki Tōson (1872〜1943)

藤村は木曽街道の馬籠《まごめ》宿の本陣の当主であった島崎正樹の末子として誕生しますが、維新の変革で生家は没落、父は発狂し座敷牢で亡くなります。父の生涯は昭和４年刊行の『夜明け前』で詳しく語られています。

藤村といえば自然主義作家という印象が強いのですが、最初は浪漫主義詩人として出発しました。明治30年初出の第一詩集『若菜集《わかな》』は明治の若者の間で大人気、競って暗誦する現象も。そこまでの道のりを辿ってみます。

10歳で長兄と上京し、15歳でミッションスクールの明治学院に入学、シェイクスピアなどのイギリス文学を学びつつ、芭蕉、西行、近松、西鶴などにも親しみます。彼のキリスト教体験は、信仰と背信という苦悩のドラマをはらみつつ、英語教師として職を得た明治女学校で、教え子の佐藤輔子《すけこ》との愛に苦しむこととなります。22歳で職を辞して漂泊の旅へ。

この頃の藤村に影響を与えた人に、北村透谷《とうこく》がいます。自由恋愛を主張した透谷に共鳴し、明治26年１月「文学界」創刊と共に浪漫主義運動に身を置くことに。しかし、『内部生命論』で妥協のない闘争的な浪漫主義を展開した透谷は、明治の現実社会の矛盾に傷ついて自殺、佐藤輔子との別れとその死、生家の破産、長兄の入獄など、藤村の身に様々な試練がふりかかります。

それだけに、『若菜集』出版は藤村にとっても、また日本の近代詩のあけぼのという意味においても、大きな収穫であったといえます。

明治29年に赴任した仙台の東北学院での教員生活は、精神を落ち着かせ、恋愛の哀歓は『若菜集』の中にあふれ出ました。

“庭にかくる丶小狐の
人なきときに夜いで丶
秋の葡萄《ぶどう》の樹の影に
志《し》のびてぬすむつゆのふさ
恋は狐にあらねども
君は葡萄にあらねども
人志《し》れずこそ忍びいで
君をぬすめる吾心《わがこころ》”　(「狐のわざ」『若菜集』)

七五調の抒情詩は明治34年刊の第四詩集の『落梅集《らくばい》』では五七調に変化しています。小諸《こもろ》義塾の教師時代に何があったのでしょうか。

“小諸なる古城のほとり
　雲白く遊子《ゆうし》悲しむ　（…以下略）”
（「小諸なる古城のほとり」『落梅集』）
“名も知らぬ遠き島より
　流れ寄る椰子《やし》の実一つ　（…以下略）”
（「椰子の実」『落梅集』）

この『落梅集』を最後に、藤村は小説に転じて、明治39年、『破戒《はかい》』を出版。これが自然主義文学の出発点となります。封建制度下の統治策として作られた「部落民」差別を最初に取り上げた作品。主人公は父の戒《いまし》めを破り部落出身という素性を教え子の前で明かし、アメリカへと新しい一歩を踏み出します。

しかし、『破戒』で開拓した客観小説の枠を壊し、藤村は『春』『家』『新生』などで、告白性を明確にし、「私小説」色を強めます。

明治43年、妻フユが33歳で亡くなり、残された４人の幼な児の世話に来ていた姪《めい》と過ちをおこした藤村は、その関係を『新生』で社会に公表することで清算しようとします。日本にいられず、姪こま子は台湾へ。芥川龍之介は、『新生』の主人公を偽善者と非難します。「個」と「社会」の有機的なつながりを視野に入れた西欧自然主義は、日本では個の本能の告白と誤解され、暴露的になっていきます。ただ、藤村の問いかけたものは、「個と家」という、時代を映す重いものでした。

泉《いずみ》 鏡花《きょうか》

Izumi Kyōka (1873〜1939)

鏡花の生まれた金沢は、浅野川沿いの家のどこからか鼓《つづみ》や笛の音《ね》が響いてくるような町。

父は政光と号した彫金師で、母は葛野《かどの》流の大鼓《おおかわ》師の末娘、すゞ。すゞの一家が江戸から越して来て、結婚に至ったようです。

鏡花の文学を語る時、9歳で死別した若く美しい母を抜きにできないのは、描く女性が常に理想化、美化されていることによります。

母が嫁入り道具にしのばせてきた草双子《くさぞうし》（江戸時代の仮名入り絵本）の類を広げて、話を聞くことを何よりの楽しみとしていた幼い鏡太郎（本名）にとって、喪失感は深く、俗っぽく表現するなら、マザーコンプレックスとして、母の面影を求めて美女を礼讃する傾向が強まったといわれます。

それに文体。最初の作品は明治26年の『冠弥左衛門《かんやざえもん》』ですが、30年の『照葉《てりは》狂言』から、43年の『歌行燈《うたあんどん》』にかけて、流麗さに磨きがかかります。母すゞの兄は、能楽師松本金太郎ということからもわかるように、謡曲をきくような、また鼓の韻律、能の仕舞《しまい》の緩急が伝わるような不思議な文体です。
構成も、意図的に能の「序《じょ》・破《は》・急《きゅう》」を取り入れています。

また作品に立ち上《のぼ》る江戸情緒は、若い頃に江戸で暮らした母の言葉使いや、粋《いき》な江戸仕草《しぐさ》への異常ともいえる思慕と、草双子のロマンチシズムを母胎とするものでしょう。

明治32年、鏡花は神楽坂の妓《ぎ》桃太郎と会い、母と同じ、すゞという本名を持つこの女性と恋に落ちます。しかし、師の尾崎紅葉《こうよう》は将来を心配して結婚を許さず、二人を別れさせます。

このすゞとのめぐりあいを機として、同年『湯島詣《ゆしまもうで》』という、花柳界を題材とする芸妓《げいぎ》の悲恋を扱う作品が生まれ、40年刊の『婦系図《おんなけいず》』のお蔦《つた》と主税《ちから》の悲恋は、師に引き裂かれた鏡花とすゞをモデルに作られます。「切れるの別れるのって、そんな事は芸者の時に云うものよ。……私にゃ死ねと云って下さい。蔦には枯れろ、とおっしゃいましな」有名な湯島境内でのセリフも。

代表作『高野聖《こうやひじり》』は明治33年初出で、ちょうど「明星」の創刊された年でもあり、官能的浪漫主義が甘美な花を咲かせた頃です。飛騨の山中で道に迷った若い僧が美女と出会い、谷川で衣を脱がされ、優しい裸身で体を洗われる怪。女には知能の低い年下の夫がいたり、夜中に家を魑魅魍魎《ちみもうりょう》がとり囲んだりと、超現実的ですが、山の女は亡母の変形、薄弱の夫は少年が母を独占したさに父を醜悪化する潜在意識とのフロイト流解釈も。紅葉没後、鏡花とすゞは再び結婚し、生涯を共にしました。

与謝野晶子《よさのあきこ》

Yosano Akiko (1878〜1942)

大阪堺市の菓子商駿河屋、鳳《ほう》家の三女であった晶子（本名、晶《しょう》）は、唐突に出現した女性革命家のように、明治の詩歌界に熱く激しい風を吹きこんだ人です。

明治33年、与謝野鉄幹《てっかん》が創刊した「明星《みょうじょう》」に短歌を発表し、同年夏、友の山川登美子と共に鉄幹に会い、一瞬で恋に落ちます。翌年６月に家を捨てて上京、師鉄幹と同棲、８月に刊行したのが『みだれ髪』晶子23歳。

鉄幹もたじたじのバイタリティは、歌だけでなく、『新訳源氏物語』全四巻の出版や、ドイツ、フランス、英国などの歴訪とロダンとの会見、帰国後に「文化学院」を創設、その合間に、九人の子供を産み育てるという、八面六臂《ぴ》の活躍にみられます。その力は日本文学の近代化や、女性解放、反戦（「君死にたまふことなかれ」の詩）に大きく貢献しました。

『みだれ髪』がどのように当時の人々の度肝《どぎも》を抜いたのか、いくつか見ていきましょう。

①“やは肌の　あつき血汐《ちしお》に　ふれも見で
　　さびしからずや　道を説《と》く君”

② “その子二十《はたち》　櫛《くし》にながるる　黒髪の

おごりの春の　うつくしきかな”

③ “罪おほき　男こらせと　肌きよく

黒髪ながく　つくられし我れ”

いずれも、女性の驕慢《きょうまん》と自己愛を誰はばかること無く堂々と歌い上げています。①の「道を説く君」とはむろん鉄幹のこと。

④ “春みじかし　何に不滅の　命ぞと

ちからある乳《ち》を　手にさぐらせぬ”

⑤ “いとせめて　もゆるがままに　もえしめよ

斯《か》くぞ覚ゆる　暮れて行く春”

⑥ “病みませる　うなじに細き　かひな捲《ま》きて

熱にかわける　御口《みくち》を吸はむ”

青春の官能は彼女の新しいモラルでしょうか。こんな風に女に迫られて受けて立った男もえらい !?

⑦ “経《きょう》はにがし　春のゆふべを　奥の院の

二十五菩薩《ぼさつ》　歌うけたまへ”

⑧ “人の子に　かせしは罪か　わが腕《かひな》

白きは神に　などゆづるべき”

神も菩薩も晶子にはかないません。まして鉄幹は「われ男《お》の子意気の子名の子つるぎの子　詩の子恋の子あゝもだえの子」ですもの。

⑨ “清水《きよみず》へ　祇園《ぎおん》をよぎる　桜月夜

こよひ逢ふ人　みなうつくしき”

⑩ “四条橋《しじょうばし》　おしろいあつき　舞姫の

ぬかささやかに　撲《う》つ夕あられ”

⑪ “下京《しもぎょう》や　紅屋《べにや》が門《かど》を　くぐりたる

男かわゆし　春の夜の月”

京の町は晶子の浪漫的空想によって幻想的な王朝風の世界へと美化されます。歌集の表紙絵はハートの輪郭のみだれ髪を矢が射抜く斬新さ。

高村光太郎《たかむらこうたろう》

Takamura Kōtarō (1883～1956)

①“智恵子は東京に空が無いといふ、
ほんとの空が見たいといふ。
私は驚いて空を見る。(後略)”

(「あどけない話」)

②“人っ子ひとり居ない九十九里の砂浜の
砂にすわって智恵子は遊ぶ。
無数の友だちが智恵子の名をよぶ。
ちい、ちい、ちい、ちい、ちい… (略)”

(「千鳥と遊ぶ智恵子」)

智恵子は光太郎の中にある、やさしい気持ちを引き出した人です。

光太郎は、父光雲《こううん》が立派な彫刻家であったため、当然のように美術学校に入り、彫刻を学びますが、一方で、文学にも強く引かれていました。17歳で、当時の有名な雑誌「明星」に、短歌を発表し、自分の感情を解放します。この経験は、芸術家としての心を豊かにしてくれるものでした。

父の命令で、23歳から三年間、アメリカ、ヨーロッパで彫刻を勉強、自由な一人の個人として生きることを学んだ光太郎は、「詩を書く衝動に駆られ」反逆、頽廃《たいはい》の芸術家集団「パンの会」に入り、父や古い職人気質の家風への反抗から、放蕩《ほうとう》生活を送ります。

その時出会った女性画家が智恵子です。第一詩集『道程《どうてい》』は、智恵子と出会うまでの前半が、夢と挫折を背景とした生活者の怒りや情念で埋められているのに対し、後半は、愛と生の決意が高らかに歌われます。この詩集が編年体の構成のため、光太郎の心の変化をよく伝え、次第に、人道主義的な感覚から、志賀直哉《しがなおや》らの文学集団「白樺派《しらかばは》」にも接近してゆきます。

結婚し、光太郎の芸術や日常に光を与えた智恵子に、統合失調症の徴候が現れます。七年間の二人の闘病は、彼女の死後、『智恵子抄《ちえこしょう》』という詩集を生みました。

③“そんなにもあなたはレモンを待ってゐた
かなしく白くあかるい死の床で
わたしの手からとった一つのレモンを
あなたのきれいな歯がかりりと噛んだ…（略）”

（「レモン哀歌《あいか》」）

夫婦愛なんて俗な言葉では表現しつくせない、人間存在の尊厳を感じませんか？①〜③の詩は『智恵子抄』所収。

北原白秋《きたはらはくしゅう》

Kitahara Hakushū (1885～1942)

「この歌、小さい頃、歌ったことがある……。」どこか懐しく、それでいてハイカラな歌詞。

“この道はいつか来た道、ああさうだよ、あかしあの花が咲いてる。…”　（「この道」）

“雨はふるふる　城が島の磯に　利休鼠《りきゅうねずみ》の　雨がふる…”　（「城が島の雨」）

“雪のふる夜はたのしいペチカ。ペチカ燃えろよ。お話しましょ。…”　（「ペチカ」）

“からたちの花が咲いたよ。白い白い花が咲いたよ。…”　（「からたちの花」）

こんな素敵な詩を書いた北原白秋。でも、若い頃は、耽美《たんび》的官能的な詩人でした。

白秋の故郷は今の九州柳川市。この地は早くからキリシタンや南蛮文化が入ってきました。異国情緒の漂う風土は、少年白秋の心を詩的に育てたのか、早くから「明星」に詩を投稿。

上京して早稲田大学に入学した時、同級生に若山牧水《ぼくすい》や土岐哀果《ときあいか》がいました。しばらくして退学、与謝野鉄幹の新詩社に入り、詩を「明星」に発表するや、たちまち大評判となります。ただ、鉄幹とぶつかり、木下杢太郎《もくたろう》、吉井勇《よしいいさむ》らと新詩社をやめて「パン（牧羊神）の会」を結成、この事は、「明星」廃刊にもつながりました。

「パンの会」は若い詩人や芸術家により、江戸趣味が近代感覚に取り込まれます。鷗外の援助もあり、雑誌「スバル」を拠点として発展、自然主義と違い、耽美頹廃の傾向。

明治42年刊の第一詩集『邪宗門《じゃしゅうもん》』は、24歳の白秋の名を一挙に高めました。

“日は真昼、ものあたたかに光素《エエテル》の
　波動は甘く、また、緩《ゆ》るく、戸に照りかへす、
　その濁る硝子《がらす》のなかに音もなく、
　哃囉仿謨《クロロホルム》の香《か》ぞ滴《した》る……毒の譃言《うはごと》……”

（「赤き花の魔睡」『邪宗門』）

44年刊の第二詩集『思ひ出』で不動の地位を築くと、大正2年には歌集『桐の花』を刊行、西洋の詩情を和歌に取り込みました。

“春の鳥　な鳴きそ鳴きそ　あかあかと
　外《と》の面《も》の草に　日の入《い》る夕《ゆふべ》”　（『桐の花』）

この前後、隣家の人妻との姦通罪で訴えられ入牢を経験、免訴後、彼女と結婚するも離婚。経済的、対外的苦境の中で作風は変化し、漱石の門下の鈴木三《み》重《え》吉《きち》が創刊した「赤い鳥」に童謡を発表したり、短歌の幽玄復興を目指すなど、57歳で亡くなるまで、詩人歌人であり続けました。

萩原朔太郎《はぎわらさくたろう》

Hagiwara Sakutarō (1886～1942)

『月に吠《ほ》える』は、朔太郎の処女詩集で、31歳で自費出版したものです。

①“ぬすっと犬めが、
くさった波止場の月に吠えてゐる。
(中略)
いつも、
なぜおれはこれなんだ、
犬よ、
青白いふしあはせの犬よ。”

(「悲しい月夜」)

②“ながい疾患のいたみから、
その顔はくもの巣だらけとなり、
腰からしたは影のやうに消えてしまひ、
(中略)
有明の月が空に出《い》で、
そのぼんぼりのやうなうすらあかりで、
畸形《きけい》の白犬が吠えてゐる。(後略)”

(「ありあけ」)

③ “この見もしらぬ犬が私のあとをついてくる、

みすぼらしい、後足でびっこをひいてゐる不具《かたわ》の犬のかげだ。

（中略）

さびしい空の月に向って遠白く吠えるふしあはせの犬のかげだ。”

（「見しらぬ犬」）

『月に吠える』という表題は、これらの詩によるものでしょう。朔太郎が青白い、みすぼらしい犬の影をひきずる自分をイメージするのと同時に、地面をつき破って生える竹にも心を寄せていたことは興味深いことです。

ただ、その病的な感性の一つ一つを、あれこれ解説するのも野暮で、傷ついた心の叫びに共感する人もいれば、「凍れる節節りんりんと、／青空のもとに竹が生え、／竹、竹、竹が生え」(「竹」) の好きな人もいていいでしょう。

大正６年に刊行のこの詩集には、北原白秋の12ページに及ぶ「序」と、室生犀星の19ページの「跋《おくがき》」(後序) と、朔太郎に見出され、詩集の挿画を依頼され、死の床にありながら11枚を形見として残した無名の天才画家、田中恭吉《きょうきち》の、朔太郎あての手紙と、その23歳の死を悼む朔太郎の文章が載せられています。つまり、多くの人の気魄《きはく》のこもる詩集なのです。

白秋と犀星と朔太郎のつながりの最初は、犀星が白秋の主宰する雑誌「朱欒《ザムボア》」に詩を送り掲載されたことです。その詩を見た朔太郎が犀星に手紙を書き、その縁で二人は文通を始め、会い、お互いの故郷を訪ねるなど、意気投合、大正５年に雑誌「感情」を二人で創刊、それを白秋が引き立てたという関係です。

『青猫』は、ブルーな気分をよみ、実生活の離婚、再婚、破綻の中で、詩作は朔太郎の心を支え、口語自由詩の真の完成者と西条《さいじょう》八十《やそ》に言わしめますが、56歳で病死しました。

室生犀星《むろうさいせい》

Murō Saisei（1889〜1962）

“ふるさとは遠きにありて思ふもの
そして悲しくうたふもの
よしや
うらぶれて異土の乞食《かたい》となるとても
帰るところにあるまじや（略）”

（「小景異情」その二）

犀星の故郷は、犀川の流れる町、金沢です。父と使用人との間の子として生まれ、生後すぐに寺の住職室生真乗《しんじょう》の内縁の妻にもらわれ、その私生児として役所に届けられます。７歳で真乗の養子となりますが、９歳で実父が亡くなると、生母は追い出されて不明となり、生涯会えずじまいでした。落第ばかりしたため高等小学校を13歳で退学し、金沢地方裁判所の給仕に。そこで上司に俳句を習い文学に目覚め、17歳で「新声」に投稿した詩「さくら石斑魚《うぐい》にそへて」が首位に選ばれます。

白秋の『邪宗門』が刊行されると、詩人として立つ決意で上京し、白秋を訪問、「スバル」や「朱欒《ザムボア》」に詩が掲載されるまでになります。

大正２年に載った「小景異情」を見た萩原朔太郎が感動し

て手紙を送り、二人は生涯を通じての友人となったのです。

その後、大正７年には、二冊の詩集を自費出版します。『愛の詩集』『抒情小曲集』です。これは朔太郎と共に設立した「感情詩社」から刊行、白秋と朔太郎の序文や跋《ばつ》文を添えた立派なもので、高い評価を得ます。

しかし、詩で食べていくのは容易ではなく、翌年、勧めてくれる人もあり、小説を書くことに。『幼年時代』が「中央公論」に掲載され、続いて『性に目覚める頃』が載ります。

前者は、養家の娘で、離縁されて帰っていた優しい姉との日々を懐しみ、姉がいなければ今の自分はなかったと追慕した自伝に近いものです。

後者は表題がドキリとするのですが、やはり自伝で、17歳の詩を書く友人との交流とその死や、養家である寺の賽銭《さいせん》を盗みに来る美しい娘への微妙な心理を、素直に書いたものです。

これらは、いくつかの短編と共に『性に目覚める頃』という小説集として出版されることに。犀星に小説を勧めた「中央公論」の瀧田哲太郎に捧げられ、序で、幼少年期の苦労が酬《むく》いられているようだとのべ、多くの人に感謝しています。

医者の息子として甘やかされて育った朔太郎と、養母や教師に憎まれて育った犀星の、詩を通じて求め合ったものの奇跡の出会いが、作品の中に実を結んでいます。

伊藤左千夫《いとうさちお》と斎藤茂吉《さいとうもきち》

Itō Sachio (1864〜1913) & Saitō Mokichi (1882〜1953)

伊藤左千夫は、正岡子規の根岸短歌会に入門し、子規の没後も、写生俳句を受け継ぎ、機関誌「馬酔木《あしび》」「アカネ」を経て、「アララギ」を創刊しました。

小説『野菊の墓』は、子規の写生文に影響を受けた純愛小説で、千葉県松戸の“矢切《やぎり》の渡《わたし》”を舞台に、政夫と従姉の民子との別離とその死を描きます。筋としては単純ですが、当時は男女交際に厳しかったことを思うと、「野菊のごとき君なりき」という感慨は、人々の胸を打つもので、この作品について漱石と、弟子の森田草平《そうへい》が手紙でやりとりしているのも興味深いものです。

左千夫が大正２年、49歳で亡くなると、茂吉は島木赤彦《しまきあかひこ》と共に「アララギ」を引き継ぎます。子規の『歌よみに与ふる書』に感動した人々が写生と万葉調を重んじた歌を発表し、当時、対立的立場にある新詩社「明星派」の刺激を受けつつ、「アララギ派」は歌壇の主流となってゆきます。

茂吉は山形の農家の三男として生まれますが、14歳で上京し、医者になるため、親戚の斎藤家に身を寄せ、23歳で東京医科大学に入学します。この時、10歳の斎藤輝子の婿として入籍し、翌年、伊藤左千夫に入門、特異な感受性を示して注目されます。

大学を終了すると巣鴨病院に勤務し、精神病学の研究をしつつ、大正２年、処女歌集『赤光《しゃっこう》』を出版、師の伊藤左千夫と母いくの亡くなった年でもあり、連作「死にたまふ母」には、万葉調のことばやリズムを基調とした茂吉の生命の真実がこもり、格調の高い近代抒情の新風がみられます。

“みちのくの母のいのちを一目見ん
　一目見んとぞただにいそげる”
“死に近き母に添寝《そいね》のしんしんと
　遠田《とおだ》のかはづ天に聞《きこ》ゆる”
“のど赤き玄鳥《つばくらめ》二つ屋梁《はり》にゐて
　たらちねの母は死にたまふなり”
“わが母を焼かねばならぬ火をもてり
　天《あま》つ空には見るものもなし”

茂吉の長男は精神科医の斎藤茂太《しげた》、次男は作家の北杜夫《きたもりお》です。北は高校に入って父の歌を読み、その素晴らしさに感動します。昭和35年『夜と霧の隅で』で芥川賞を受賞。船医として航海した経験は『どくとるマンボウ航海記』に。豊かな表現力はＤＮＡですか。

石川啄木《いしかわたくぼく》

Ishikawa Takuboku（1886～1912）

故郷を思う時、親を思う時、友を思う時、片想い、失恋、挫折、後悔、倦怠《けんたい》、寂しさ、憧れ、様々な感情に支配される時、啄木の歌がふと口をついて出た経験を持つ人は多いでしょう。

①“かにかくに　渋民村《しぶたみむら》は恋しかり
　おもひでの山
　おもひでの川”

岩手県日戸《ひのと》村に生まれ、幼少期は渋民村の寺の住職の長男、一《はじめ》として過ごしました。神童といわれ、県立盛岡中学に入学しますが、卒業まで半年という時に自主退学し、小説家になるつもりで上京したのが16歳。

②“不来方《こずかた》のお城の草に寝ころびて
　空に吸はれし
　十五の心”

学歴の無さが、明治のエリート尊重社会の中で何度も彼の自尊心を傷つけることになるとも知らず。東京で鉄幹、晶子と知り合いますが、小説家の夢は破れ帰郷。長詩を「明星」に投稿し、啄木は詩人として知られることに。

19歳で出版した詩集『あこがれ』はあまり評価されず、同じ頃、父が宗費滞納で住職を罷免《ひめん》されると、生活力のない文学青年に一家扶養の責任がかかります。

③“そのかみの神童の名の
　　かなしさよ
　　ふるさとに来て泣くはそのこと”

20歳で渋民村の代用教員となり、父の住職復帰運動をしたり、小説『雲は天才である』を書いたりしますがどちらも挫折、一家で函館に渡ります。

④“石をもて追はるるごとく
　　ふるさとを出《い》でしかなしみ
　　消ゆる時なし”

以降、啄木の流浪の半生が始まります。函館、札幌、小樽、釧路、また函館と転々。

⑤“さいはての駅に下り立ち
　　雪あかり
　　さびしき町にあゆみ入りにき”

明治41年、一人で上京し、翌年、朝日新聞の校正係となり函館から家族を呼び寄せます。歌の才能を認められ、「朝日歌壇」選者に。

⑥“実務には役に立たざるうた人と
　　我を見る人に
　　金借りにけり”

正規の学歴のない悲しさ、貧困と結核に身体をさいなまれながら、自分の才能を信じて希望を失わない心で、文学をめぐる社会状況を『時代閉塞の現状』として発表します。

晩年というにはあまりに若い明治43年春、朝日新聞社会部部長の言葉に励まされ、歌集の出版を計画します。ただ、この『一握《いちあく》の砂』の原稿料二十円は、生まれてわずか24日で亡くなった長男真一の薬代、葬儀代となりました。

⑦“おそ秋の空気を
　三尺《さんじゃく》四方ばかり
　吸ひてわが児の死にゆきしかな”

第二歌集『悲しき玩具《がんぐ》』は、友人、土岐哀果《ときあいか》に死の四、五日前に託したノートの中の194首を収め、死後、出版されました。

「歌は私の悲しい玩具である」とあったのを表題にしたと哀果のあとがきにあります。句読点が表記され、日記のようです。

⑧“呼吸《いき》すれば、
　胸の中《うち》にて鳴る音あり。
　凩《こがらし》よりもさびしきその音！”

⑨“薬のむことを忘れて、
　ひさしぶりに、
　母に叱られしをうれしと思へる”

明治45年4月、26歳の若い死。

志賀直哉《しがなおや》

Shiga Naoya (1883〜1971)

日本橋三越で土門拳《どもんけん》の写真展が開かれていて、仏像や激動の昭和を切り取った鬼才の仕事の中に、志賀直哉、谷崎潤一郎、三島由紀夫らの作家のポートレートも飾られていました。

故土門の出会った作家で、「一番いい顔をしていた人」として、志賀直哉の名を挙げていたインタビューが上映されていて、印象に残っています。

徴兵検査（明治の）で甲種合格であった記録と、裏から手を回して、兵役免除となったエピソードは何を語るか。生活苦とは無縁の人ということ。実際、祖父は旧藩邸内に住む士族、父は実業界の大物で財を築いた人物。直哉は初等科、中等科、高等科と学習院で学びます。

こう書くと、苦労知らずのお坊ちゃん作家のようですが、12歳で母が亡くなり、一ヶ月余り後の父の再婚、次々と生まれる六人の異母弟妹、そして決定的な父との衝突は、多くの作品に心理的な影響を落としています。

祖父母に育てられたことや、17歳で内村鑑三《かんぞう》に出会い、七年間のキリスト教的感化を受けたことも直哉の倫理観の形成に見逃せないことでしょう。

18歳の時に足尾銅山鉱毒問題を巡り、実業家の父と対立、学

習院中等科で二度も落第し、その溝は深まりますが、武者小路《むしゃのこうじ》実篤《さねあつ》、木下利玄《としはる》らと同級になったことは、怪我の功名でした。

東京帝国大学英文科に入学し、作家志望の友人らと回覧雑誌を始め、『或る朝』『網走《あばしり》まで』などの初期の秀作を載せます。

そして明治43年４月、同人誌「白樺《しらかば》」を創刊。以後、直哉、実篤、有島武郎、里見弴《とん》らは、「白樺派」と呼ばれ、理想主義的な立場から、自我の尊重と人間らしく生きることを善とするヒューマニズムを主張し、当時主流の自然主義に猛反発しました。この年、大学中退。

大正２年、30歳で初期の作品を集めた第一創作集を刊行、祖母の名から『留女《るめ》』とし、祖母に捧ぐとありますが、費用の五百円はケンカ腰で父からもらったもので、以後、尾道《おのみち》に行き、父と距離をとります。この年は山手線の電車にはねられて重傷を負い、養生のため城崎《きのさき》温泉に滞在しますが、後、『城の崎にて』という名作を生み、芥川や谷崎の称讃もあり、「小説の神様」との異名も。

大正３年に父の反対を押し切り、武者小路の従妹と結婚し、三年程筆を断ちます。６年、創作意欲を回復して『城の崎にて』を「白樺」に発表。夏には父と十数年ぶりに心を開いて話し合い、秋に『和解』が発表されます。不和ではなく、和解のことを小説にすべきと感じた彼の自伝であり、私小説の代表作となります。

唯一の長編小説『暗夜行路《あんやこうろ》』は、前編の発表（大正９年）から17年後の昭和12年に最終部分の発表で完結します。主人公、時任謙作《ときとうけんさく》は、作者と重なる人物造形ですが、出生の秘密や、妻、直子の不倫による謙作の苦悩と救済という筋立ては虚構で、にもかかわらず、人間存在について深く問いかける作品の力は、流石《さすが》に、「小説の神様」の仕事です。

土門拳のいう「いい顔」と、志賀直哉の、変に歪められていない「育ちの良さ」や人間のエゴイズムに対する鋭い批判精神がつながる時、カメラも嘘をつかないと思えるのです。

谷崎潤一郎《たにざきじゅんいちろう》と永井荷風《ながいかふう》

Tanizaki Jun'ichirō (1886～1965) & Nagai Kafū (1879～1959)

明治末期の文壇の主流が自然主義であった頃、その暗く、告白調の自伝風写実主義に反対し、独自の美意識と反道徳的享楽思想を盛りこんだ短編小説『刺青《しせい》』を発表し、脚光を浴びたのが、24歳の谷崎潤一郎です。

浮世絵師から刺青師《ほりものし》に堕落した若い清吉《せいきち》には、自分の気に入る美女の肌に刺青《いれずみ》をしたいという宿願があった。簾《すだれ》の下にみた素足だけで見失った女に恋して探していた彼の前に、その白い素足の、16、7歳の小娘が偶然現れる。清吉は薬で眠らせた娘の背中に女郎蜘蛛《じょろうぐも》を刺《ほ》り上げ、自分の魂を入れた。目覚めた娘は、肌の苦痛と芸術の融合した美の前に妖《あや》しく変化し、男という男を食い殺す毒婦の輝きを放って「お前さんは真先に私の肥料《こやし》になったんだねえ」と清吉をみつめ、艶然《えんぜん》と笑う。

刺青の痛みにのたうつ屈強な男を見て快感を覚える一方で、美女の前にひれ伏し、肥料になりたいという、サディズムとマゾヒズムを描き、「耽美派」の先駆けとなります。また、永井荷風《かふう》が「肉体的恐怖から生ずる神秘幽玄」「肉体上の惨忍《ざんにん》から味ひ得らるる痛切なる快感」「文章の完全なる事」とほめ称えたため、一挙に名が上がりました。そして、この二人は耽美派と呼ばれます。

荷風は欧米滞在の経験から『ふらんす物語』を書き、風紀を乱すとして発禁となるも、鷗外に推されて慶應義塾大学の教授となり、「三田文学」を主宰。谷崎も西洋風な新しさに共鳴し、「三田文学」に『飇風《ひょうふう》』を載せ発禁に。明治から大正にかけて、自然主義と反自然主義の反目で、文壇は活気づき、谷崎の悪魔主義は『痴人の愛』『卍《まんじ》』など、異常な官能美を開拓してゆくのです。まさに「美に耽《ふけ》る」。

大正12年の関東大震災後、関西に移住した谷崎は、千代子夫人を、詩人、佐藤春夫に譲るという珍妙な事件を経つつ、次第に、王朝風浪漫《ろうまん》派の資質をみせ始めます。

『吉野葛《くず》』『盲目物語』などは、昭和初期に書かれたもので古典的な女性美を追求。中でも『春琴抄《しゅんきんしょう》』は、同じ女性崇拝でも、『刺青』に比べると、格段と円熟味を増し、しかも余韻を残す見事な構成です。昭和18年の『細雪《ささめゆき》』は、日本風のつつましい女性の永遠の美しさを描き代表作となりました。

荷風は江戸文化や花柳《かりゅう》界を題材とした『腕くらべ』『おかめ笹』を書き、昭和12年に朝日新聞に連載した小説『濹東綺譚《ぼくとうきたん》』は、荷風とおぼしき主人公の心理が淡々と描かれ、日華事変前夜の重苦しい世相に清新の気を吹きこむものとして代表作となりました。ただ、彼の女性遍歴や猟奇趣味は、80歳で亡くなるまで収まらず、様々な伝説を残しています。

芥川龍之介《あくたがわりゅうのすけ》

Akutagawa Ryūnosuke (1892〜1927)

“落葉焚《た》いて　葉守《はもり》りの神を　見し夜かな”

なんと、龍之介が小学生で作った俳句です。末恐ろしいような文才がのぞきます。「葉守りの神」は『源氏物語』の柏木にも。

龍之介を生んでまもなく、母が精神を病み芥川家に戻ったため、伯父の養子となり、由緒ある旧家の芸術的な雰囲気の中で育ちます。実母と別れた幼児体験と、母の発狂という事実は、芥川作品の底に流れるニヒリズムの説明としてよく使われますが、一つの要素であることは否定できないでしょう。

東京帝大英文科在学中の大正４年、「帝国文学」に『羅生門《らしょうもん》』を発表します。これは、『今昔物語《こんじゃく》』にある話を下敷きにしていますが、主人公の行動パターンや心理は、現代人に置き換えられている点で、全く新しいものでした。

また、“漱石山房”で週一回開かれる「木曜会」に出席を許されたことと、次に発表した『鼻』が漱石に激賞されたことで、芥川の文壇進出はかなり順調なスタートを切ります。

大正５年に、優秀な成績で大学を卒業し、『芋粥《いもがゆ》』『手巾《ハンケチ》』『偸盗《ちゅうとう》』『戯作三昧《げさくざんまい》』などの短編小説を次々に発表、７年には結婚し、大阪毎日新聞社の社友（後に社員）になるなど、この時期はもっとも安定し充実していました。

また鈴木三重吉が児童雑誌「赤い鳥」を創刊、それに白秋が童謡を載せた年でもあり、芥川は童話『蜘蛛《くも》の糸』を寄稿しています。子供も生まれ、将来、語ってきかせるつもりだったのか、『杜子春《とししゅん》』『犬と笛』なども胸を打つ童話の名作です。

一高時代の友人、久米正雄《くめまさお》、菊池寛《きくちかん》らと、第三次、第四次「新思潮」を創刊し、独自の芸術至上主義を示したことから「新現実主義」の作家と呼ばれています。

例えば『地獄変《じごくへん》』は、古典『宇治拾遺《うじじゅうい》物語』や『古今著聞集《ここんちょもんじゅう》』にある名人と呼ばれる絵仏師を題材とし、自己の芸術にかけるすさまじいまでの執念を描くものです。そして、『戯作三昧』は、『八犬伝』に心血を注いだ曲亭馬琴の孤高の生き方に共感し、芸術を道徳感情をも上回る絶対的境地として肯定しているのです。

ただ、芥川は次第に自分の文学に対する信念に動揺し始めます。最初は、私小説のリアルな実生活の告白という自然主義や志賀直哉の文学の否定から出発した彼も、病気のせいか、自伝的な作品を書くように変化します。

大正12年の関東大震災や、プロレタリア文学の台頭で、時代の転期を感じると共に、「ぼんやりした不安」は精神衰弱と不眠症の芥川を追いつめてゆきます。

『大導寺信輔《だいどうじしんすけ》の半生』は芥川の告白的自伝といえる作品で、

『河童《かっぱ》』は社会への絶望と呪いを含む風刺的なもの、『歯車』は不気味な歯車の幻覚に自身の死期を予感しています。

昭和２年７月24日、田端の自宅で０.８gのヴェロナールを服用して、自分の命を断ち、ついに、芸術至上主義に戻ることなく、自分の文学を完全否定したまま、35歳の敗北。

大正を代表した芥川の死は、次の時代への人々の不安を強め、軍国主義の足音が高まってゆく中で、深刻な影響を与えました。むろん、芥川の敗北は敗北ではないともいえるのですが、それが証明されるのはもっと後になってからです。

宮澤賢治《みやざわけんじ》

Miyazawa Kenji (1896～1933)

『銀河鉄道の夜』や『風の又三郎』などの童話や、詩「雨ニモマケズ」は、作者が37歳で病死してから発見されたものだということを聞いて、驚く人は多いでしょう。

賢治は、いわゆる野心をもって中央の文壇に出ようというタイプの人ではなかったようで、故郷、岩手県花巻《はなまき》で農学校の先生をし、教職を退いてからも、農村向上運動に没入するなど、「土の詩人」でありつづけました。

19歳で盛岡高等農林学校に入学と同時に、法華経《ほけきょう》信仰が高まり、熱心な浄土真宗信者の父に改宗を求めて拒否されると、大正10年１月に家出をして上京します。しかし、夏に妹トシの発病を聞き、花巻に帰り看病しますが、翌年死亡、衝撃を受けて詩作にむかいます。賢治が無名のまま生前出版したものは２冊で、詩集『春と修羅《しゅら》』、童話集『注文の多い料理店』です。共に13年に、賢治28歳の時に自費出版されています。

賢治の詩は、死後、草野心平《しんぺい》や高村光太郎、それに詩風を異にするかにみえる中原中也《ちゅうや》ですら認めたもので、宗教心からくる詩心の気高さと自然科学の教養がにじむ自在なことばと独自の宇宙観を何よりの特徴とし、小説の中にも生かされます。

“けふのうちに
とほくへいつてしまふわたくしのいもうとよ
みぞれがふつておもてはへんにあかるいのだ
（あめゆじゅとてちてけんじゃ）
うすあかくいつそう陰惨な雲から
みぞれはびちょびちょふつてくる
（あめゆじゅとてちてけんじゃ）　（…以下略）”

（「永訣《えいけつ》の朝」）

「あめゆじゅとてちてけんじゃ」は岩手弁ですね。臨終の妹に与える最後の食物として、作者は松の枝に積もる雪をとるため、「まがったてっぽうだま」のように外に飛び出します。妹の願いはこの上なく尊いものとして。賢治はこれを詩と呼ばず、「心象スケッチ」と称し、自分の心の風景記録と位置づけます。

『注文の多い料理店』はイーハトヴ童話と名付けられ、表題作の他に『どんぐりと山猫』『烏《からす》の北斗七星』など９編が収められています。心が洗われるような作品です。イーハトヴとは、賢治の心象中のドリームランドとしての岩手県のことで、「いはて」とドイツ語のwo（場所）を合成した語でしょう。そこには、修羅の世界として人間の高慢や競争や殺生を描きつつ、「まことの幸福」を求めようとする賢治の願いがこめられているようです。

川端康成《かわばたやすなり》

Kawabata Yasunari (1899〜1972)

漱石や鷗外も、小説の冒頭文の優れた作家ですが、川端康成は特に印象的ですね。

「道がつづら折になって、いよいよ天城峠《あまぎとうげ》に近づいたと思ふ頃、雨脚《あまあし》が杉の密林を白く染めながら、すさまじい早さで麓《ふもと》から私を追って来た。」　（『伊豆の踊り子』）

「国境の長いトンネルを抜けると雪国であった。夜の底が白くなった。」　（『雪国』）

「雨脚が‥‥私を追って来た」や「夜の底が白くなった」などは、非常に詩的で感覚的な表現です。普通だと「雨脚が麓から次第に早くなり、杉の密林は白くなった」と書くかもしれません。また「夜の底が白くなった」は他に書きようのない的確な文で、擬人化された自然が命をもって息づきます。

川端は、東京帝大文学部を卒業した年に、横光利一《よこみつりいち》らと雑誌「文芸時代」を創刊し、文体や表現に新しいものを取り入れようとしたため、「新感覚派」と命名されました。

大正15年に「文芸時代」に発表した『伊豆の踊り子』は、19

歳で初めて伊豆を旅行した経験を生かした小説ですが、旅芸人一座の人達との心の触れ合いと純な恋心が旅情と共に描かれ、「私」の涙で洗い清められる結末は圧巻。

同じ年に第一創作集『感情装飾』が刊行されます。ここには、川端自身が「詩の代わりに書いた」という「掌《たなごころ》の小説」（ごく短い小説）が35編収められ、若い日の詩心を知ることができます。ただ、なぜか後年は、全集のあとがきで掌の小説に表れた自己を嫌悪していますが。

昭和43年に、日本人で初めてノーベル文学賞を受賞します。『雪国』や『古都』などに日本の伝統的な美や抒情性が描かれているという点が高く評価されたようです。

確かに昭和10年から書き始め、23年に完成をみる『雪国』には、川端作品の完璧な抒情詩的世界があります。しかし、もっと初期の作品、例えば27歳で発表した『十六歳の日記』は、実際の10年前の日記を原型とし、孤独な、ピーンと張りつめた若い日の川端の心が、何の飾り気もなく放出され、早くも『雪国』につながる濁りない感性の萌芽をみます。

２歳で父、３歳で母を失い、祖父母に引き取られますが７歳で祖母が亡くなり、祖父と二人の寂しい生活を経験。その祖父が病気で目も耳も悪くなり、一人で寝返りもうてず、夜中に「ぼん、ししさしてんか」と起こされる看病の日々。16歳の少年は、原稿用紙を百枚用意して、日記が百枚になれば祖父は助かるという思いで書き続け、30枚で途切れます。

これは、第二創作集『伊豆の踊り子』の中に、『孤児の感情』『葬式の名人』などと共に収められ、掌の小説よりは長い短編です。天涯孤独となり、人に甘えず、感情に溺《おぼ》れず、それを「孤児根性で歪んでゐる」と反省し、旅先で出会った素朴な人のやさしさで氷解してゆく心を『伊豆の踊り子』に描きます。

ノーベル賞受賞記念講演の題名は「美しい日本の私」です。「日本と」でなく「日本の」としたところが重要でしょう。日本の美を虚無的な「末期《まつご》の眼」をもってみつめながら、そのはかない美しさの中で生かされている自分を語る意思でしょうか。その４年後、73歳で静かに自分で幕を下ろしました。

小林多喜二《こばやしたきじ》と葉山嘉樹《はやまよしき》

Kobayashi Takiji (1903～1933) & Hayama Yoshiki (1894～1945)

昭和４年に書かれた『蟹工船《かにこうせん》』が、平成不況の現実にどう受け入れられたのか、ブームとなっています。

作者は、特高警察の拷問により、検挙のその日に虐殺されたことで知られる小林多喜二。「おい地獄さ行《え》ぐんだで！」で始まる『蟹工船』は、プロレタリア文学の最高傑作といわれるものですが、どういう経緯で生まれた作品でしょうか。

大正末期から昭和にかけて、労働者、農民の階級的要求を実現して、ブルジョワ（中産階級）文学の影響から彼らを奪い返すために、その生活実態を明らかにすべきという運動が起こります。これをプロレタリア文学運動といい、出発点になったのが、雑誌「種蒔《たねま》く人」です。大正10年に創刊されますが、12年の大震災で休刊、13年に「文芸戦線」に引き継がれ、ここで活躍したのは、『海に生くる人々』を書いた葉山嘉樹です。

葉山は、早大中退後、下級船員生活を体験して労働運動に入り、何度も投獄されながら、名古屋刑務所内で書いた『淫売婦』（大正14年）や『セメント樽《だる》の中の手紙』（15年）で作家として認められます。後者は、工場で働いていた男性が、誤って破砕機に巻き込まれ、セメントになってしまう話で、樽の中から、恋人の体が混ざるセメントの使い道を尋ねる女性の手紙が出てくるという筋です。人間らしい扱いを受けずに搾取される労働者の姿を、支配階級への怒りとして描きました。

葉山らに感銘を受けて、3.15事件暴圧で特高の拷問を受ける共産党員の姿を描く『一九二八年三月十五日』を雑誌「戦旗」に発表し注目されたのが小林多喜二です。「戦旗」は、「全日本無産者芸術連盟」略称ナップの機関誌として創刊され、「文芸戦線」を意識して出されたものですが、そもそもナップとは、東大独文科卒の詩人、中野重治《しげはる》によって結成された連盟で、マルクス主義文学の中心となったものです。

多喜二は、秋田県生まれの人で、小樽高等商業在学中に、ロシア文学や、志賀直哉のリアリズムに学び、卒業して銀行員となりますがナップに『蟹工船』を書いてクビに。翌年上京して非合法下の共産党に入って文化運動のリーダーとなりますが、昭和８年、赤坂で逮捕され、拷問死しました。

『蟹工船』は、北氷洋カムチャッカのソ連領海に不法侵入して巨額の利益をむさぼる蟹工船の中の、労働者の奴隷のような姿を克明に描きます。また、資本家の代弁者である監督の浅川に対して、連帯感に目覚めた労働者が立ち上がるのですが、突然出現した帝国軍艦によって弾圧されてしまうという話です。

ナップには、徳永直《すなお》が『太陽のない街』を発表するなど、運動は高まりますが、当局の監視は厳しく、９年の「日本プロレタリア作家同盟」の解散で、運動そのものは終わりました。

小林秀雄《こばやしひでお》

Kobayashi Hideo (1902～1983)

人の創造したもの、例えば音楽や絵画や詩歌、映画、演劇、小説などについて批評する人は、よく「自分では何も生み出さないくせに偉そうに」という眼でみられがちです。しかし、小林は、批評もまた一つの創作だということを主張して、「批評」を一つのジャンルにまで高めた人です。

東大仏文科に入学し、ランボーと志賀直哉に強く惹かれ、その理由を分析する論文を書き、東大卒業の翌年は雑誌「改造」の懸賞論文で「様々なる意匠《いしょう》」が第二席に選ばれ、プロレタリア文学に敵対する文芸評論家として、文壇にデビューします。その中の言葉はやや難しいのですが、小林の、批評とは自分の夢を語ることに等しいという主張こそ、批評を創作として自立させるものでしょう。

真の批評は「無双の情熱の形式をとった夢」であり、「竟《つい》に己の夢を懐疑的に語ることではないのか！」の言葉に集約される姿勢です。

つまり、批評とは作品を分析して、上手、下手を判断するだけでなく、同時に、厳しく自己の内面と向き合うことでもあるというのです。そして、プロレタリア文学の政治色や新感覚派の目指した新しい芸術至上主義を借りものの「意匠」と名付けて批判しました。

また、「私小説《わたくし》」にも、徹底した批判をし、文学者に「社会的自我」を求めたのです。その『志賀直哉論』には、小林がリアリズム小説に何を求めていたのかが語られています。

志賀のリアリズムは「常に氏の烈しい心の統制の下」にあって、「氏独特の詩を孕《はら》んでいる」というのです。そして「詩」とは、『万葉集』にも、芭蕉の俳諧にもあるリアリズムであり、意志の力で観察した自然や人間の姿をはっきりと見て、摑《つか》んでくることだといいます。そういう意味では、志賀直哉も芭蕉も、眼の澄んだ、純粋な詩人なのだと。

小林は、戦争中は発言せず、昭和17年に「文学界」に発表した『無常といふ事』『平家物語』『徒然草』『西行《さいぎょう》』『実朝《さねとも》』『当麻《たいま》』などで、中世という歴史的な不安の時代と、戦時中の危機的状況の共通性を感じとりました。

ドストエフスキー、ゴッホ、バッハ、モオツァルトなどにも的確な批評をし、ランボーの詩集『地獄の季節』の翻訳もすぐれています。創造されたものから、自分の夢を掘りおこす情熱と眼力の鋭さは、驚くばかりです。

中原《なかはら》 中也《ちゅうや》

Nakahara Chūya (1907〜1937)

ここに「少年時」と題する詩があります。

“黝《あおぐろ》い石に夏の日が照りつけ、
庭の地面が、朱色に睡《ねむ》つてゐた。

地平の果に蒸気が立つて、
世の亡《ほろ》ぶ兆《きざし》のやうだつた。

麦田には風が低く打ち、
おぼろで、灰色だつた。

翔《と》びゆく雲の落とす影のやうに、
田の面《も》を過ぎる、昔の巨人の姿——

夏の日の午《ひる》過ぎ時刻
誰彼の午睡《ひるね》するとき、
私は野原を走つて行つた‥‥

私は希望を唇《くちびる》に噛《か》みつぶして

私はギロギロする目で諦《あきら》めてゐた‥‥

噫《ああ》、生きてゐた、私は生きてゐた！”

（『山羊《やぎ》の歌』所収）

この詩には、啄木が「渋民村《しぶたみ》」や「北上川」という具体名で懐しんだような故郷は歌われていません。また犀星のように「ふるさとおもひ涙ぐむ／そのこころもて／遠きみやこにかへらばや」という感慨もありません。むしろ、「世の亡ぶ兆」を感じ、他人が昼寝をしている時に、ギロギロする目で野原をひたすら疾走する「私」を描いています。そうすることで、「生きてゐた」と感じた少年中也とは？

小学生で新聞に短歌を投稿、中学生で友と二人で歌集『末《す》黒野《ぐろの》』を出版、早熟な文学少年は中学を落第して京都の立命《りつめい》館《かん》中学へ転校します。

山口県の中原病院の長男の重圧があったかどうかは不明ですが、京都から18歳で上京、女優の長谷川泰子と同棲。その頃、東大生の小林秀雄を知り感化を受けます。ただ、泰子は小林のもとに走ります。この経験が二人を成長させたのか、各々の作品にも磨かれた感性の跡が。三人の奇妙な“友情”は継続します。

処女詩集『山羊の歌』は27歳の時に出版され、「汚《よご》れっちま

った悲しみに・・・」などを含みます。愛児の死をきっかけに精神を病み入院、第二詩集『在《あ》りし日の歌』の原稿を小林に託し故郷に引籠ろうとした矢先に、脳膜炎で30歳で死去。「一つのメルヘン」などがこの詩集に収められ、特異な感覚が詩的世界の中で生かされ、「日本のランボー」と評されました。

太宰《だざい》 治《おさむ》

Dazai Osamu (1909～1948)

太宰治というと、妻以外の女性と玉川上水で心中して亡くなった人というスキャンダラスなイメージがありますね。それに東京帝大入学前は自殺未遂、入学後は知り合ったばかりの女性と心中し、自分だけ助けられ、「自殺幇助罪《ほうじょ》」に問われ、長兄がもみ消したことも。

にもかかわらず、太宰治の人間性に強く惹《ひ》かれる人が多いのです。作品を読むと、なぜそんなに「生きること」から逃げようとしたのかが、共感は難しくても、理解はできるでしょう。その15年ほどの作家生活において書かれた作品は、ある時期のものを除外すると、ほとんどが「遺書」といえるのですから。

青森県の津軽屈指の大地主の、11人兄妹の10番目に生まれ、本名は津島《つしま》 修治《しゅうじ》、母ではなく、乳母や叔母に養育されます。身体が弱く、自家用の馬車で学校を往復し、勉強をサボっても試験ではトップクラス。幼い頃は自分を特別な人間と、優越感を持ったかもしれません。しかし、貧しい小作人から搾取《さくしゅ》することで栄えている生家は、社会主義思想を学ぶにつれ、太宰には、うしろめたさとなり、次第に自分の存在そのものに、罪の意識を抱くことになります。そこが太宰らしいのですが。

昭和７年、24歳の秋に『思ひ出』で、自分の一生を書き遺《のこ》

すつもりが、満足できず、結局、次々と小品を作り、『晩年』と表書きした袋に書きためます。８年秋に一応完成したので放蕩生活を送り、予定通り縊死《いし》自殺を図りますが失敗。その後、腹膜炎で死にかけ、その時に医師の用いた麻薬のパビナール中毒にかかり、奇怪な言動をとることに。『晩年』の中の『逆行』が第１回芥川賞にノミネートされるも次席になると、佐藤春夫ら選考委員に次回の賞をねだる手紙を書くなどの奇行も。

麻薬中毒から退院して、最初の妻と心中未遂後、離婚し、師の井伏鱒二《いぶせますじ》の紹介で甲府の女性と結婚します。この時期は、本気で小説家、家庭人としてやり直そうと明るく健全な作品群、例えば『走れメロス』や『富嶽《ふがく》百景』を書きます。

しかし、戦後民主主義に失望を感じて再び破滅的となり、恋愛関係にあった太田静子の日記を題材に、没落貴族の娘かず子の手記という形で『斜陽《しゃよう》』を書き、これは「斜陽族」という流行語を生むほど広い読者の支持を得ます。

また、太宰がなぜお茶目で愚かしい道化《ピエロ》を演じつづけ、心中や自殺で死に損ない、生き恥をさらしつつ、人を愛し愛され、裏切り、裏切られ、醜態を洗いざらい書いたのかの理由が、最後の『人間失格』で明瞭となります。全てのつじつまが合うような“遺書”。むろん、フィクションですから、人間関係やモデルは事実と異なりますが、「手記」を書いた男の内面描写、心理はかなり太宰の本音に近いものでしょう。

竹一《たけいち》という知恵遅れの友人に、クラスの笑いをとるための道化的行為を見破られた時のおびえは、告白者の心理描写として秀逸です。

また、堀木《ほりき》という画学生と「私」のアパートの屋上で飲む場面では、つまみをもらいに下りた堀木が血相変えて戻ってきて、「私」の妻と出入りの商人の不幸な現場を「私」に見せます。

「その商人に対する憎悪よりも、さいしょに見つけたすぐその時に大きい咳ばらいも何もせず、そのまま自分に知らせにまた屋上に引返して来た堀木に対する憎しみと怒りが、眠られぬ夜などにむらむら起って呻《うめ》きました。」とあり、堀木の卑劣さはそのまま世間であり、そんな現実に何度も失望し逃げようとする心理が伝わります。肯定はできないけれど、そういう辛さのわかる読者の支持は圧倒的です。

「近代文学」の表紙

『当世書生気質』
坪内逍遥（1885）

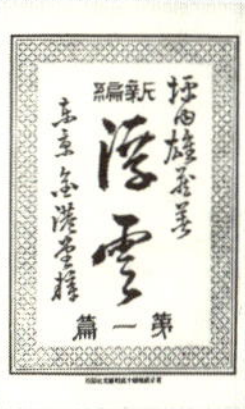
『浮雲』
二葉亭四迷（1887）

『みだれ髪』
与謝野晶子（1901）

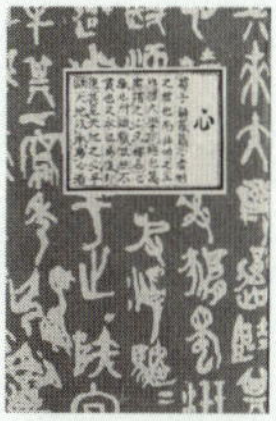
『こころ』
夏目漱石（1914）

『羅生門』
芥川龍之介（1917）

『春と修羅』
宮澤賢治（1924）

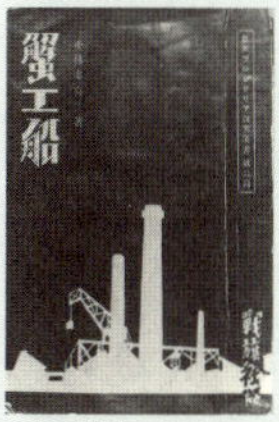
『蟹工船』
小林多喜二（1929）

『太陽のない街』
徳永直（1929）

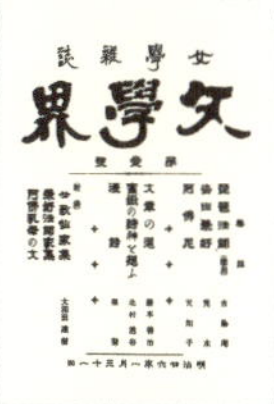
「文学界」
（1893）

「ホトトギス」
（1898）

「明星」
（1900）

「アララギ」
（1908）

「スバル」
（1909）

「三田文学」
（1910）

「文芸時代」
（1924）

「戦旗」
（1928）

写真：日本近代文学館

堀《ほり》 辰雄《たつお》

Hori Tatsuo (1904〜1953)

「サナトリウム」という言葉を、何か未知のものへの憧れに似た気持ちで知ったのは、堀辰雄《ほりたつお》の『風立ちぬ』を読んだ中学生の頃。表題が、「風立ちぬ、いざ生きめやも」と訳される、ポール・ヴァレリーの詩句によることも、西洋の香りを感じさせます。

この小説は、堀の婚約者、綾子（作中では節子）の死を前提とした上で、「普通の人々がもう行止りだと信じてゐるところから始まって」いる生命の輝きを描いています。昭和10年7月から12月まで、信州富士見高原のサナトリウムで、肺結核の綾子に付き添い、二人だけの日々を過ごした堀は、彼女の死後、「生《いのち》は運命より以上のものである」という、人生観により、『風立ちぬ』の執筆に2年を費します。

この人生観は、リルケに感化されたものといわれますが、堀の実感があるからこそ内側からそのリアリズムを支えたのでしょう。「二人のものが互にどれだけ幸福にさせ合へるか」というテーマでこの小説は書かれ、堀の代表作となり、綾子へのレクイエムとなり、心理主義的作家といわれました。

堀は、大正12年、一高生の19歳で室生犀星を紹介されて師事し、夏、初めて軽井沢に行きます。9月は大震災で母を失い、秋に犀星から芥川龍之介を紹介され、親しくなりますが、冬、結核で休学します。この年は、堀にとって、その後の人生を左右する重大な事柄が出そろったといえます。

東京帝大国文科に入学した大正14年の夏は軽井沢に部屋を借り、犀星、龍之介の近くで過ごします。この時の経験が、処女作『ルーベンスの偽画《ぎが》』を生み、さらに、『聖家族』へとつながっています。

『聖家族』は、横光利一の「序」に続いて、「死があたかも一つの季節を開いたかのやうだった。」の文で始まります。作家の九鬼《くき》の葬儀に行く車の渋滞が、主人公、河野扁理《こうのへんり》と細木《さいき》夫人の出会いをよぶという設定は斬新です。九鬼は昭和２年に自殺した芥川をモデルとし、細木夫人は芥川が敬愛していた歌人、片山広子だというのは定説で、扁理は堀自身がモデル。

作中の細木夫人に対するものか、その娘絹子《きぬこ》に対するものか定かでない愛と破局を実生活の中でも経験していた堀は、芥川の死に強い衝撃を受けたこともあり、死を覚悟するほどの病苦に。療養中に『聖家族』に続き、軽井沢での経験を『美しい村』として連作。そして出会った従順な綾子との日々が『風立ちぬ』に。芥川と綾子の死は「愛と死」というテーマを終生、堀に追求させる程の出来事でした。

また、日本の王朝文学にも関心を寄せ、『かげろふの日記』『曠野《あらの》』などを発表。48歳で結核で亡くなりました。

安部公房《あべこうぼう》

Abe Kōbō (1924〜1993)

昭和26年度の芥川賞を受賞した『壁—S・カルマ氏の犯罪』は、それまでの日本文学にない、ある奇妙な仕掛けを持つ小説です。

「奇妙」と表現したのは、手品の仕掛けとは異なる、「非現実」を描いているという意味で、では「嘘か？」というと「嘘か真か」の次元で語れない奇妙さなのです。

S・カルマなんて、名前からして国籍不明の主人公ですが、ある朝、胸が妙にからっぽな気がして、自分の名前も思い出せないまま会社に行くのですが、自分の椅子に既に「僕」が座っている。左眼だけで見ると、そいつの正体は「名刺」です。男は名刺に「名前」を奪われたのです。名前がないのにどうやって自分の存在が証明できるのでしょうか。

ここまで書くと、読書家の人は、カフカの『変身』を思い出すでしょう。朝、目覚めると、グレゴール・ザムザは巨大な毒虫に変身していた、というあの小説です。

現代人の孤独と疎外感を、別のモノへの変身願望とは逆の、なりたくないものへの変身という不条理の中に描いた名作です。

むろん、安部公房は、カフカとは異なる、ある明るさをもって、カルマ氏が「罪人」として法廷に引き出されたり、タイピストのY子に同情されながら裏切られたりという「不条理」を、論理的に描き出すのです。

現実の中で、私達は様々な「不条理」に出会いつつも、それに飼い慣らされ、なぜ不条理に甘んじるのかを問わずに過ごしていませんか。理由もなく親や先生に叱られ、上司の非を押し付けられ、怒鳴られ、変だと思っても胸にしまい込む人は多いでしょう。

安部公房は、カルマ（サンスクリット語で「罪業《ざいごう》」という意味）の目を通して、現代社会のあらゆる不条理を並べて見せます。そして、自身のからっぽの胸の中で、果てしなく成長する壁そのものに変身した後は、二度とカルマに戻れないのです。曠野《こうや》につっ立つ壁にむかって、私達はどんな絵が描けるというのでしょうか？

『赤い繭《まゆ》』も『魔法のチョーク』も『箱男』『砂の女』もテーマは不条理に満ちた現実の中の寒々しい心です。存在は証明可能か？

以前に『箱男』を出典に入試問題を作り、却下されました。理由は「引籠《ひきこも》り」を連想させて教育上よろしくないというもの。これも十分に「不条理」では・・・・？

三島由紀夫《みしまゆきお》

Mishima Yukio（1925〜1970）

昭和45年、三島由紀夫が自衛隊市ヶ谷駐屯地に私設軍隊「楯《たて》の会」の青年達と乱入、割腹《かっぷく》自殺をした事件は、驚きをもってニュースとなりました。武士道の切腹そのままに、一人の兵士の介錯《かいしゃく》で、三島の首が胴体から離れた様子など、生々しく伝えられ、それが彼の「滅びの美学」であるなら、なんと哀しいものかと感じたことでした。

45年の生涯を華々しく生きた人ですし、存命であれば、川端康成に次ぐ、二人目のノーベル文学賞は間違いないとの声も聞かれました。文章は華麗で、比喩は的確、登場人物の心理分析も説得力があり、まれにみる天才の出現と誰もが称讃した作家です。しかし、ノーベル賞という現実社会での栄誉よりも、観念に彩られた虚構の美的世界にあって衆人環視《かんし》の下に散華《さんげ》する方を選んだのです。三島にとって、文学とは何だったのでしょうか。

16歳で日本浪漫派の雑誌に載った『花ざかりの森』には、早くも三島の「滅びの美学」がみられ、17歳の『みのもの月』や、『花山院《かざんいん》』には、古典的な世界への関心が表れています。

学習院から東大法学部に進み、21歳で『煙草《たばこ》』を川端康成に認められ文壇デビューします。24歳で半自伝的小説『仮面の告白』を書き、一躍《いちやく》流行作家へ。27歳でギリシャを訪れた三島は、精神と肉体の均整という古代ギリシャ的人間像に憧れ、『潮《しお》騒《さい》』を書きます。これは、前後の作品とは奇妙にかけ離れた、平和で健全な若者の恋を描いています。三島研究家は、この作品は紀元前1世紀以前にギリシャ語で書かれた『ダフニスとクロエ』の現代版であり、古典世界を敢えて現代の、しかも日本へと移し変えようと試みたものだと指摘します。そして、三島自身は、自己の肉体改造に取り組み、ボディービルなどで鍛えた裸体を写真に撮らせるなど、ナルシシズムも強めるのです。

また、実際の金閣寺炎上に題材を得て、青年学僧の暗く惨《みじ》めな生育環境と疎外感、放火に至る心理を克明に描いた『金閣寺』は31歳の作。憧れと憎しみの象徴である寺を焼くことで、永遠に自分のものとしたいという歪んだ欲望は、傷ついた近代人の倒錯した心理として三島の好んだテーマです。

32歳の作、『美徳のよろめき』は、「よろめき」が姦通の意の流行語となったほどの話題作で、人妻の浮気を描く割には、ドロドロ感はなく、むしろ、理想的な不倫という不道徳的読後感すら抱かせます。谷崎潤一郎的な耽美《たんび》頽廃《たいはい》主義のせいでしょう。人妻、節子の魅力の引き立て役のはずの青年土屋の、ずるいのか純粋なのか決定し難い透明感によろめき、三島の美意識に酔痴《よいし》れるもよし、足許にはくれぐれもご注意を。

松本清張《まつもとせいちょう》

Matsumoto Seichō (1909〜1992)

「苦節」という言葉がぴったりな作家です。東京帝大や早慶、学習院などを卒業した小説家や詩人が多いなかで、清張は小倉の高等小学校を卒業した後、給仕や石版画職人などをしながら独学し作家を目指します。『宮本武蔵』や『私本太平記』を書いた吉川英治《よしかわえいじ》と共に、小学校しか出ていない人も立派にやって行けると、敗戦後の国民は勇気づけられたのです。

昭和25年、41歳で懸賞小説に応募、入選した『西郷札《さいごうさつ》』が直木賞候補となり注目を浴びた清張は、27年「三田文学」に『或《あ》る「小倉《こくら》日記」伝』を発表して、その年の芥川賞を受賞、40歳を過ぎての作家デビューです。

清張の生誕100年を記念して、“社会派ミステリー”なる新風を巻き起こした作品がテレビや映画でドラマ化されています。推理小説としての面白さに加えて、社会悪や人間の悲しみ、狂気など、犯罪に走らせたものが何だったのかという点を深く追究する点で、一連の作品に社会性を持たせているのが特徴です。

しかし、推理小説だけでなく、『或る「小倉日記」伝』『菊《きく》枕《まくら》』『断碑《だんぴ》』などには、社会や世間に受け入れられず、それへの敵意から、名声を高め世間を見返すために、偏執狂的に研究や俳句に打ち込む主人公が登場します。ただ、その報いは奈落という結末が多く、人の罪業はどう転んでも救い難いという人間観で貫かれています。

頭脳は明晰《めいせき》なのに、悲惨な容貌ゆえ世間から侮蔑され、コンプレックスを抱く青年が、森鷗外の小倉在住時に書かれたはずの日記の紛失に触発され、40年前の鷗外の事跡を調べようと発奮、10年の歳月を費す話が『或る「小倉日記」伝』です。母子二人の生活は、戦争でドン底になりながらも、一つの希望を見出した不憫《ふびん》な息子のために調査に付き添う母の心情は、苦節何十年の清張ならではの表現ではないでしょうか。いや、息子その人こそが、ある意味で清張自身といえるでしょう。

『砂の器《うつわ》』では、ハンセン病で故郷を追われた父に従い、各地を放浪した少年が、美貌と才能を武器にのし上がり、屈辱的な過去を消すために人を殺すに至る心理を克明に追います。

コンプレックスの超克のための孤独な努力が、徒労に終わるという残酷な現実に目を向け、常軌を逸していく人物を描かせたら、清張の右に出る人はいないでしょう。彼の作中人物に鬼気迫るものがあるとすれば、苦節の中での自身の姿の投影かもしれません。

司馬《しば》 遼太郎《りょうたろう》

Shiba Ryōtarō (1923〜1996)

中国の歴史家「司馬遷《しばせん》ヨリモ遼《はる》カニトオシ」としゃれ、かつ謙遜したペンネームですが、この人の膨大な著作物を前にすると、「歴史という物語」への真摯《しんし》な姿勢、綿密で実証的でスケールの大きい筋運びに圧倒され、司馬遷の情熱、執念が乗り移ったかのように感じます。

大阪に生まれ、昭和16年、大阪外国語学校蒙古語科に入学。この事と18年の学徒出陣で大陸に渡った経験は、彼の独特の歴史観を形成し、「司馬史観」という言葉すら生みます。

20歳で満州の陸軍戦車学校に入り、見習士官で戦車連隊に赴任し、22歳で終戦。その後、産経新聞の記者をしながら執筆した『ペルシャの幻術師』で講談倶楽部《くらぶ》賞を受賞します。続いて『戈壁《ごび》の匈奴《きょうど》』『兜卒天《とそつてん》の巡礼』を記者の余技として発表、ここにも西域、騎馬民族、『史記』への憧れがあふれんばかりです。

最初の長編小説『梟《ふくろう》の城』は、昭和33年に京都の小さな新聞に連載されたもので、35年、直木賞を受賞します。忍者重蔵は、豊臣秀吉暗殺の命を受け、忍者五平は、それを阻止するべく暗躍し、「間忍ノ徒」の宿命的対決が壮大なスケールで描かれます。司馬自身は、特ダネを狙う記者魂の無償の功名心を、伊賀忍者に投影させ美しく描きたかったと述懐します。

昭和36年に15年のジャーナリストと作家の二足のわらじを脱ぎ、新聞社を退職、忍者物からも脱して、史実に立脚しつつ、自分なりの解釈を加え、翌年から『新選組血風録』を「小説中央公論」に連載します。また『竜馬《りょうま》がゆく』『燃えよ剣』も精力的に連載。

明治維新の志の半ばで暗殺された坂本竜馬の生涯はテレビドラマ化されたこともあり、竜馬心酔はブームとなります。また、新選組副長の土方歳三《ひじかたとしぞう》の栄光と挫折を描いた『燃えよ剣』には、新選組という日本史上類をみない異様な団体を「作り、活躍させすぎ、歴史に無類の爪あとを残し」て散った男に注ぐ目に、司馬の幕末史観がみられるのです。土方も竜馬も司馬にとってはほれぼれする男なのでしょう。

その後、『国盗《と》り物語』では、美濃のマムシ、斎藤道三《どうさん》と織田信長を描き、菊池寛賞を受賞。『坂の上の雲』は、明治時代に陸軍騎兵の創設をした秋山好古《よしふる》と、日本海海戦の名参謀、秋山真之《さねゆき》の兄弟、そして正岡子規《しき》という、三人の松山藩出身の青年の友情と情熱を横軸に、明治維新から日露戦争までを縦軸とし、「これほど楽天的な時代はない」として描きます。つまり、小さな国家の中で、小さな陸海軍を強くするという、夢のような目的に向かってその達成を疑わず、大国ロシア相手の大仕事に突進する「幸福な楽天家たち」を物語ります。

戦国期の覇者《はしゃ》、幕末期の志士、明治期の軍人といった、変革期の人々を生々《いきいき》と描く中に、「司馬史観」が現れています。特に、明治維新とそれに続く時代を評価し、現代と照応して歴史を捉える視点とアジア的視野。実際、戦車兵として陸軍参謀本部の非合理を目《ま》のあたりにした司馬の合理主義の重視というもの。

『歴史と視点』(昭和49年刊)の中の「戦車・この憂鬱な乗物」というエッセイで、ほとんど自分の周辺を語らない司馬にしては珍しく、戦車の知識を伝えつつ、ペラペラの鋼板の見かけ倒しの戦車ばかり作り「大和魂でおぎなえ」と言い放つ軍部を、昭和前期の非合理の象徴とします。

日露戦争時は、日本国家、軍部に江戸期以来の倫理観がまだ残っていたのだと司馬はいいます。戦場を借りた中国人の財産や生命を傷つけず、ロシア人捕虜の自尊心に最大限の敬意を払った明治の軍人。一方、戦場となった国の民も自国の兵士も、ゴミのように斬り捨てた昭和の軍部の倫理観の欠如。22歳で復員した自分に向けて、その疑問に答える手紙のように作品を書き続けて来たと司馬は語ります。

「司馬史観」はここで安直にまとめられるものではありませんし、一つの歴史観を押し付ける場でもありませんが、遼《はる》かな昔の司馬遷を目標に、『この国のかたち』のあるべき姿を問い続けたその心は、多くの人に引き継がれ、愛されています。

大江健三郎《おおえけんざぶろう》

Ōe Kenzaburō（1935～）

東京大学文科二類在学中に、東大新聞の五月祭《ごがつさい》賞を受賞したのが『奇妙な仕事』という小説で、その翌月には、『死者の奢《おご》り』で文壇に華々しくデビューします。

この二つの小説は、学生アルバイトに応募した「僕」が、実験用の犬を150匹殺す手伝いをしたり、ホルマリン漬けの解剖用屍体を別の水槽に移し換える作業をしたりしますが、ある手違いで仕事は徒労になり、バイト代ももらえるかどうか、という共通の結末をもっています。ただ、そこで大人社会への怒りや不条理の告発という方向には行かず、なんとなく徒労を認めるしかない現代青年の不安な生き様と虚無感に、撲殺され皮を剥《は》がれる犬や、何年も水槽に“物”と化して浮かぶ屍体が重ねられます。生者と死者、殺すものと殺されるものが、いつ入れ替わっても不思議はない、と思う主人公は、幼時に戦争を体験した作者世代の代弁者でもあるのでしょう。

翌年には『飼育』を発表し、芥川賞を受賞、久々の大型新人の登場と騒がれます。四国の谷あいの村に敵の飛行機が墜落し、黒人兵が獲物として飼育されることになります。村の大人や子供達の恐怖心と好奇心、黒人兵の屈辱と諦念などが的確に語られ、恐るべき結末に引き込んでゆく力は、23歳の作家の並々ならぬ力を予感させるに十分です。

28歳で障害のある長男が誕生したことで、大江健三郎の著作や講演には、実生活上の問題が基調のテーマとなり、想像力も駆使しながら、“生と死”は一層、現実味を帯びます。

『個人的な体験』『人生の親戚』『新しい人よ眼ざめよ』など、先天的にも後天的にも、障害があるということを人はどう引き受けて生きるのかが問題として示されます。重いテーマを愛に繋げながら。

また、被爆地、広島を訪れた時の感慨をつづった長編随筆、『ヒロシマ・ノート』には、後天的に受けた心や体の障害にくじけず、立ち上がる人々に人間の尊厳を見出し、文学者としての責務を自覚、『核時代の想像力』にも、平和、生への希求の姿勢を貫いています。

平成6年には、ノーベル文学賞を受賞、講演の題目は「あいまいな日本の私」でした。川端康成が「美しい日本の私」であったことを思い起こす人があるかもしれませんね。日本は美しさを失い、グローバル化の波間に漂いながら、不戦の誓いは足元からぐらつき、あいまいさを増しています。自らそのあいまいさの中に小説家として生かされていると認識し、未来世代の為に残せる言葉を模索し、執筆にも講演にも余念のない日々が続いています。

村上春樹《むらかみはるき》

Murakami Haruki (1949～)

日本人作家で、海外でよく読まれる人のベスト３には、必ずこの人の名が上がるでしょう。各国語に翻訳され、文化、民族の違いを越えて支持される、国境なき“ムラカミワールド”とは。

早大一文に入学、学生結婚、ジャズ喫茶経営などを経て七年在籍し卒業。昭和54年、『風の歌を聴け』で群像新人賞を受賞しデビューします。大学生の「僕」は、アメリカ人作家ハートフィールドに多くを学んだことを回想しながら、「文章を書く、自分を語る」ことの難しさに呻吟《しんぎん》しつつも、29歳の今こそがベストだと言い切り、語り始めます。

このデビュー作の中で、親が精神科医に連れて行ったくらい無口だった幼少期の「僕」が描かれます。しかし、14歳で突然しゃべり始め三ヶ月間それは止まらず、揚げ句40度の熱で三日間学校を休みます。そして熱が引いた後は「無口でもおしゃべりでもない平凡な少年になっていた。」のです。

「物ぐさ太郎」や八郎潟《はちろうがた》を造った「八郎伝説」を思い出しませんか。役立たずと思われていた人が、急に力を発揮して有用な人物になる変身譚《たん》。むろん、無口なのと役立たずは別で、おしゃべりと有用も違います。しかし、デビュー以来、堰《せき》を切ったような執筆活動もまた、民話の主人公を連想させるくらいに超人的です。29年間の雌伏《しふく》の時を経て、饒舌《じょうぜつ》なまでの作品群は、長編小説もエッセーも、冷静に興奮し、親切に裏切り、平易な言葉と複雑なプロットで読者を飽かせず、「突然しゃべり始めた」14歳の少年の変身を思い起こさせます。

翌55年、『1973年のピンボール』、57年『羊をめぐる冒険』を発表、合わせて青春三部作と言われます。「僕」と「鼠《ねずみ》」の青い旅。前の二作品は、いずれも芥川賞候補となるも、選考委員の好き嫌いが分れて落選、後々、芥川賞への批判もきかれたほどです。

62年発表の『ノルウェイの森』の大ヒットは知る人ぞ知る。平成３年、プリンストン大学に招かれて渡米し、７年に帰国します。この前後、湾岸戦争、阪神・淡路大震災、地下鉄サリン事件などが起こり、『ねじまき鳥クロニクル』を連載しつつ、死、暴力は身近に。

社会の出来事に無関心な青年群像を描いてきた村上は、『アンダーグラウンド』で、サリン事件の被害者へのインタビューをまとめ、その続編『約束された場所で』では、オウム真理教信者へのインタビューを収めます。社会との関わりを重視する内的変化は、13年９・11米国同時多発テロを機に一層明確なものに。

翌年刊行の長編『海辺のカフカ』は、一人称と三人称を自在に操り、複数の事象が同時進行するという、村上作品の入り組んだ筋運びを好む読者層の期待通り、人間の内に潜む邪悪や狂気、その裏返しの正義や穏健や再生を錯綜《さくそう》させながら進みます。「僕」と「大島さん」の男同士（？）の会話の端々に、15歳の少年への、いや、疎外と孤独の迷路に踏み込みもがく現代人へのメッセージが、巧みな隠喩にこめられます。

18年にチェコの文学賞のカフカ賞受賞。続いて国内外の文学賞やリエージュ大学、プリンストン大学の名誉博士号を受け、21年２月、エルサレム賞受賞は記憶に新しいものです。

イスラエル軍のパレスチナ、ガザ侵攻の直後であり、辞退の声の上がる中、授賞式に列席し、「壁と卵」の比喩でスピーチ。壁は巨大な戦争システム、卵は弱い個人。村上は、壁につぶされても、卵の側に立つと明言しました。これに一言でも言い返せる人はいるでしょうか。無差別に多くの市民が犠牲になったばかりのパレスチナで。

唯一の被爆国として、ジェノサイド（大量殺戮《さつりく》）を、何万人の死として統計化する前に、壁の前の卵が、死者が、個としての命の重みをもっていた事実を忘れてはならず、日本の国が今、どういう位置にいて、何ができるかは、大江健三郎、村上春樹らに続き、若い世代が熱く語る時でしょう。ただし、40度の熱を三日間も出さない程度で。

山田詠美《やまだえいみ》

Amy Yamada (1959〜)

いうまでもなく、今、とても生きの良い女性作家です。作品を読んでいて、元気がでるというのは大切なこと。カッコいいお姐《ねえ》さんの、スレスレの生き方に憧れ、羨望を感じても、とてもそこまで踏み外《はず》せない的な危うさも魅力です。

昭和60年、『ベッドタイムアイズ』で河出文芸賞を受賞し、62年『ソウル・ミュージック・ラバーズ・オンリー』という短編集で直木賞を受賞。ドライな中にも、割り切れなさの湿気が作品に陰影を持たせ、「行きずりの恋」の共犯者にされかねない吸引力はかなり強烈。

「体で男を愛して耳から注ぎ込まれる音楽を心で愛して」、作品の中に流れるソウル・ミュージックは黒人男性との恋に、体も心も揺れながら、終章のビートをその鋭敏な耳に奏《かな》で続けます。ヒロインは、颯爽《さっそう》としていて男性とは互角、跪《ひざまず》かせ、足を嘗《な》めさせる位は朝メシ前。しかし、それだけなら男性向け雑誌で量産されるあられもない女。どこか違う。

表向きの快活さとは別に、この作家の内側の強さが固有の輝きを放ち、“筋金《すじがね》入りの女”の倦怠と蘇生、孤独と貪欲が他を圧倒します。

転校が多かったという少女時代の経験は、いじめや、教師との微妙な関係、思春期の不安や疎外感、違和感などの心理描写に生かされているようです。
一連のボディ・アンド・ソウル物から離れ、少年少女を主人公とする作品にも、山田詠美らしさ、拒絶と懐かしさが同居しています。
『風葬の教室』や『蝶々の纏足《てんそく》』『眠れる分度器』『放課後の音符《キイノート》』『晩年の子供』など、いずれも、どこか集団となじめず孤立する少年少女を描いています。文体は乾いていますが、心理描写は深く心の底まで下りてゆき、汲み上げてくるものは砂金の如く繊細。
『晩年の子供』は、伯母の家で過ごした夏休みに、飼い犬に手を噛まれた「私」が、あと半年もしたら狂犬病で死ぬと思い込み、「晩年」を、いたずらや盗みをして過ごす話です。
家族にさえ、素直に犬に噛まれたと言えないまま、一人で不安と闘う気持ちは、いじめの場合などで誰もが幼少期に経験するもの。しかし、それを「晩年」とする感受性は特別です。単純に死を恐れる少女から、自分をつき放して見ることのできる作家へ、早くもその片鱗が「私」の中に宿っているようです。
「悪魔のように繊細で、天使のように大胆」というゲーテの言葉がふと思い出されるような、愛すべき主人公達。そして山田詠美という作家。「熱血ポンちゃん」はシリーズ化されています。痛快なエッセイ集。

よしもとばなな

Yoshimoto Banana (1964〜)

バナナの花が好きで付けたペンネームだとか。花より食い気では、というと失礼ですか。

父は評論家の吉本隆明《よしもとたかあき》、ある意味大変そう。いくら現代が二世ばやりだといっても、単純に地盤や名前だけでやっていける世界ではないという意味で。作品が如実にこの心配を吹き飛ばしてくれます。「ばななワールド」は、父とは別世界のもの。

日本大学芸術学部の卒業制作の小説『ムーンライト・シャドウ』が学部長賞を受賞し、その秋に『キッチン』を発表して、一躍ベストセラー作家の仲間入りを果たします。この二作品の共通点は様々に分析済みのことですが、「大切な人」を亡くした若者同士が、やさしさを持ち寄り、魂と魂を通わせあうことで、徐々に「死」を受け入れ、「生」を取り戻してゆく過程がふんわりと描かれています。

なぜふんわりとしているのでしょうか。この人の作品には、ホームドラマの団欒《だんらん》の定番のような「食べる場面」が随所に効果的に配されていて、しかも単にアットホーム感を出すためでなく、「食べること」そのものが、人物の心のスイッチを切換え、ふんわり感の中にピリッとしたスパイスを効かせます。

よく考えれば、食欲があるとか、食べておいしいということは、「生」「性」「愛」に直結していることです。それをこんなに明快に教えてくれる小説は、やはり新しい世代感覚です。むろんグルメや健康誌の文章は別ですよ。

『キッチン、パート2』の『満月』の中でみかげが、雄一にカツ丼を届けるシーンがあります。自分が食べておいしかった物を是非食べさせたい、というのは親子、夫婦、恋人に共通する愛情ですが、それ以上に、カツ丼の果たす役割は温かくてピリッとしています。

『キッチン』では祖母を失い天涯孤独となったみかげを、雄一と母えり子が、一時自宅マンションに住まわせます。ところが『満月』では、えり子が店の常連客に殺され、雄一が一人ぼっちに。えり子は、昔は雄一の父だった人で、妻が死ぬと整形しまくってとても美しい母となって雄一を育てた人です。恋人未満の大切な人の心の危機を悟り、みかげは深夜に遠方からのタクシーを走らせ、カツ丼を届けます。おいしい理由は「家族だからだよ」という雄一。食物でなくても何か温かさを伝える手段があれば孤独ではないし、いつか元気をとり戻し、再び立ち上がれるもの。簡単にみえて難しいことがしっとりと伝わります。

ふんわりとして、しっとり。まるでシフォンケーキのような小説。バナナの花は知りませんが、食い気なら負けません。

あとがき

書き終わって、文学の存在意義とは何だろうと、不穏な気配に静かならざる心でいます。

聖都エルサレムは、ユダヤ教の「嘆きの壁」とキリスト教のゴルゴダの丘の「聖墳墓《せいふんぼ》」とイスラム教のモスク「岩のドーム」により、三つの一神教が住み分けられ、危うい均衡を保っている場所です。ここでのエルサレム賞授賞後講演を敢行した村上春樹の筋の通し方は文学者の自負や良心。

安部公房の「壁」は空虚な胸の中で成長し巨大化します。「嘆きの壁」は異教徒を拒絶し、村上のいう「壁」は、個をはじき飛ばすシステム。しかし、多くの「卵」の発言で、「ベルリンの壁」は崩壊しました。一人で突破することは難しく、社会という檻《おり》の中で自分の無力を嘆くか、目先の幸福を願うか、暴力・テロに訴えるか、何もしないか。しかし、大切なのは言葉を尽くす、対話を諦めないこと。そして難しいことへの挑戦の心。

天まで届けと人間が造ろうとした「バベルの塔」は、不遜《ふそん》ゆえ神の怒りで壊され、言葉もバラバラにされ、わかり合えない人間による戦火はあちこちで燃え、核は"虎の威《い》"に。

文学で飢えをしのげとは申しませんが、心の中には灯《ひ》がともります。その暖かさで、一つの世界共通語、「平和」が壁に刻めるのではないでしょうか。文学とほど遠い所に、紛争があり、貧困、憎悪があるのは悲しいことです。

さて、日本文学を、作家を、その息づかいや体温を少し身近に感じていただけたでしょうか。私自身は各々に、思い出も後悔も感謝も。

文体に痺れ、憧れ、ゼミの研究でほじくり返した泉鏡花。紫のゆかりに惹かれ卒論に引っぱり出した紫式部。父母や師や友と歩いた万葉の路《みち》。偉大な親を敬いつつ乗り越えようとした清少納言、世阿弥、光太郎、ばななさんは現在形。勝手に愚息に一字を拝借した志賀直哉、司馬遼太郎等々、いつも文学は身近にあって心を暖めてくれました。

なお、紙面の関係で取上げられなかった素晴らしい作家も多く、心苦しく思っております。お読み下さる皆様の作品、作家との新鮮な出会いの場であることを願って。

川島周子（かわしま ちかこ）

京都生まれ。奈良女子大学卒業。大阪府立高校教師。三都物語続編はギリシャに飛び、古代への情熱？アテネに七年。精神と肉体の均整はボディービル、いや水泳。エーゲ海のつもりでプールでパシャパシャ。ム、ム、むなしい！千葉・東京の予備校を古文、漢文、論文でブンブク回游中。

さくいん

あ行

か行

さ行

た行

な行

は行

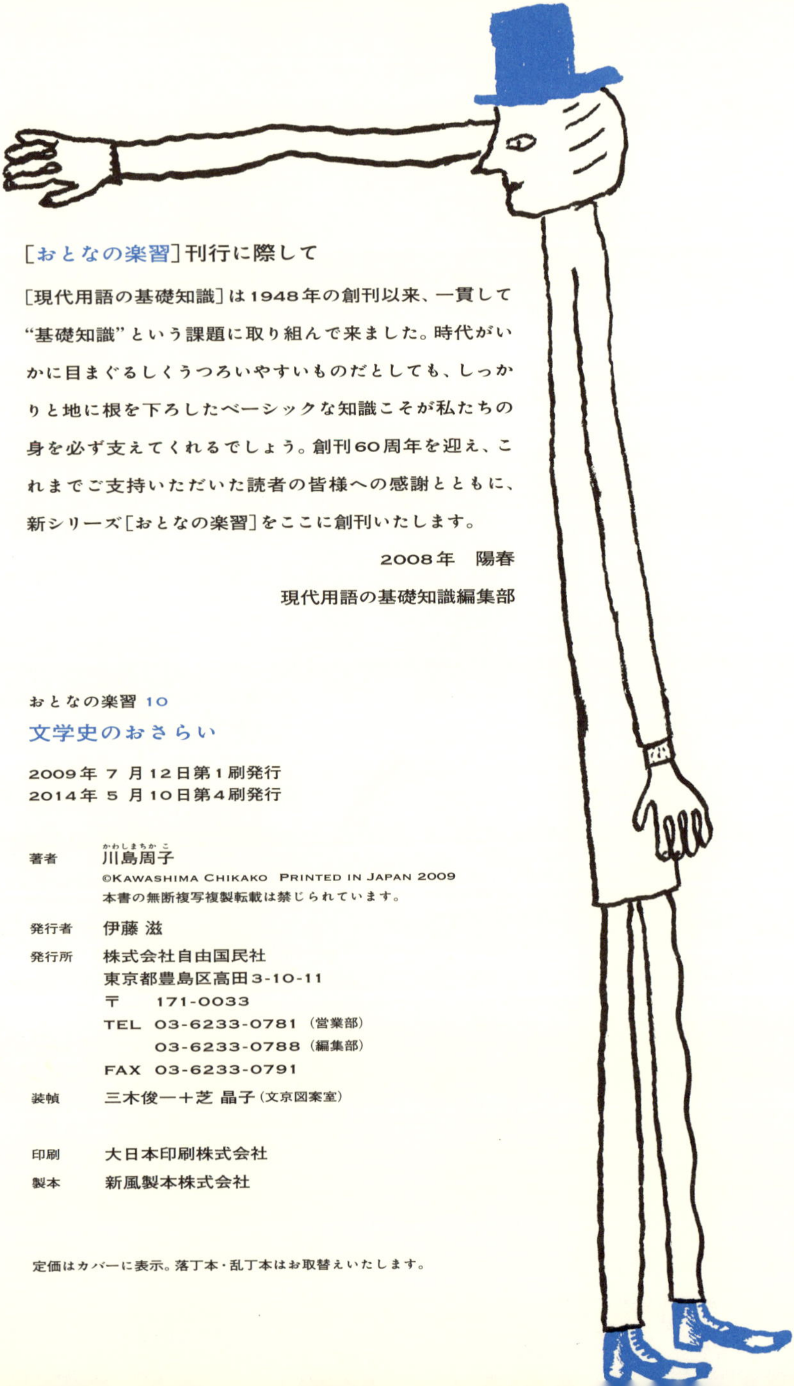

[おとなの楽習]刊行に際して

[現代用語の基礎知識]は1948年の創刊以来、一貫して“基礎知識”という課題に取り組んで来ました。時代がいかに目まぐるしくうつろいやすいものだとしても、しっかりと地に根を下ろしたベーシックな知識こそが私たちの身を必ず支えてくれるでしょう。創刊60周年を迎え、これまでご支持いただいた読者の皆様への感謝とともに、新シリーズ[おとなの楽習]をここに創刊いたします。

2008年　陽春

現代用語の基礎知識編集部

おとなの楽習 10

文学史のおさらい

2009年 7 月12日第1刷発行
2014年 5 月10日第4刷発行

著者　川島周子《かわしまちかこ》

発行者　伊藤 滋

発行所　株式会社自由国民社
東京都豊島区高田3-10-11
〒　171-0033
TEL　03-6233-0781（営業部）
03-6233-0788（編集部）
FAX　03-6233-0791

装幀　三木俊一＋芝 晶子（文京図案室）

印刷　大日本印刷株式会社

製本　新風製本株式会社

定価はカバーに表示。落丁本・乱丁本はお取替えいたします。